光泽县鸾凤乡
光泽县"中国民间故事之乡"管理办公室 编

"讲古"声声话鸾凤

民间故事

王建成 著

海峡出版发行集团 | 海峡文艺出版社

《"讲古"声声话鸾凤》编委会

总 顾 问	卢常传
特邀顾问	姜 燕　陈 忠
顾 问	高才保
组 长	韩 盛
常务副组长	曾陟峰　张仁凤
副 组 长	李淑芬　黄华秀
成 员	谢文凤　陈欣昱　王小丰
	鸾凤乡直各部门负责人、各村（场、社区）书记、主任
作 者	王建成
插 图	高才保
审 核	黄华秀　仲晏祯　吴城萍　李淑芬

弯凤乡地图

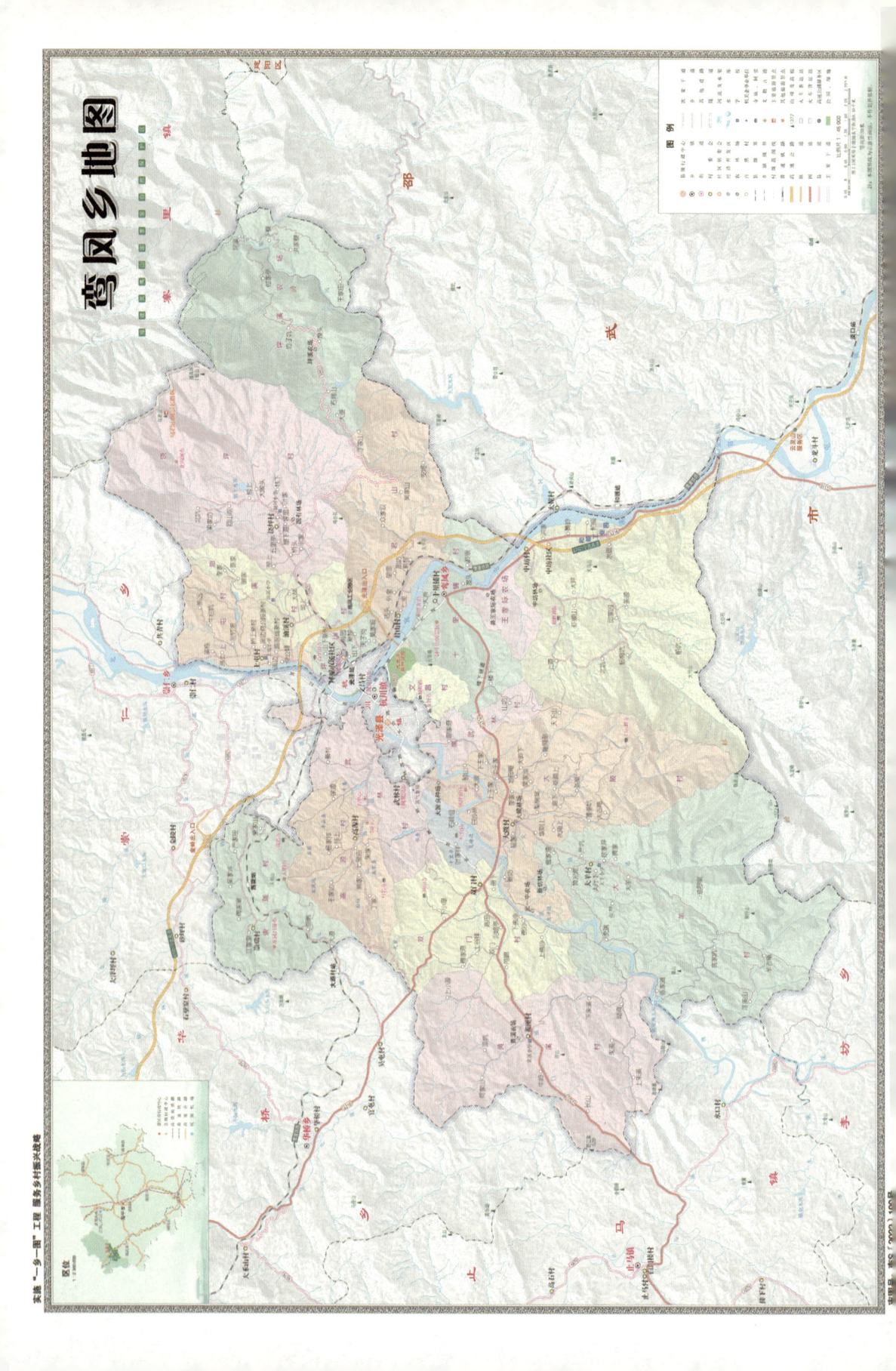

鸾凤，一个有故事的地方

光泽县鸾凤乡党委书记　韩　盛
光泽县鸾凤乡人民政府乡长　曾陟峰

鸾凤，一个诗意般美丽的名字，一个传说般神奇的地方。鸾凤民间流传的故事，记载历史故事，讲述百姓生活，悠远而漫长，丰富而生动，是千年鸾凤留下的优秀传统文化和宝贵的非物质文化遗产，值得保护、传承与发展。中共中央总书记、国家主席、中央军委主席习近平对非物质文化遗产保护工作作出重要指示："要扎实做好非物质文化遗产的系统性保护，更好满足人民日益增长的精神文化需求，推进文化自信自强。要推动中华优秀传统文化创造性转化、创新性发展，不断增强中华民族凝聚力和中华文化影响力，深化文明交流互鉴，讲好中华优秀传统文化故事，推动中华文化更好走向世界。"

鸾凤，历史可以追溯到远古时期，是光泽最早的古乡名之一。唐武德七年（624）设立洋宁镇，下辖光泽、鸾凤二乡。大致是西路为鸾凤，北路为光泽。唐显庆三年（658）改为财演镇，所辖二乡名称不变，地域范围不变。宋太平兴国四年（979）光泽升镇建县，以乡名为县名，以里划分区域，直到明代，鸾凤名不复存在。中华人民共和国成立前后，现有的鸾凤地域有过多方面的归属。1984年，在原城关公社的基础上，撤社为乡，以古名鸾凤命名。

鸾凤，历史悠久，物华天宝，人杰地灵。自古以来蕴含着丰富灿烂的民间文化，是个有故事的地方。尤其是民间"讲古"，流传上千年，到处盛行，村村有故事，到处有"讲古"人。那散落在田间地头、山野小径、街边巷里、院落家中的故事，宛如一颗颗珍珠，在乡土村落中熠熠生辉。一座山、一条溪、一棵树、一座桥、一口井、一块石、一个村落，一个家族，都是丰富的故事素材。劳动人民发挥无穷的想象，赋予深刻哲理的民间神话、传说、故事、寓言、笑话，内容丰富，情节诙谐生动。你看，过去每天劳动之余，田头、桥边、村口、老樟树下、院落厅堂、街头巷尾，到处有人聚集"讲古"。在那娱乐极为贫乏的年代，"讲古"丰富了人们的生产生活，给世世代代的鸾凤人带来无穷的乐趣。

鸾凤，历史文化积淀极为丰厚，这里是商周文化的主要区域之一。流传在当地，反映人类早期的神话传说很多，如"武陵有舜迹""商周时的鸾凤人"等；这里山川秀丽，自然风光独特，山和水都有着动人的故事，如"'东南名胜'乌君山""'闽江源头'富屯溪"等；这里的乡村人文丰富多彩，村落、家族等让你感受祖先不平常的岁月，如"油溪本来叫油榨""梁家坊无人姓梁"等；这里是理学文化之乡，光泽理学的祖居地在境内乌州一带，有不少反映理学人物的故事，如"李郪的'登第吟'""宋朝探花李方子"等；这里建筑文化精湛、独特，透视着前人的智慧与勤劳，如"寓意平安的洪光塔""傅氏兄弟建造承安桥"等；这里的民风淳朴，乡野俚语俗事中处处充满了神奇的人文魅力。如"罗天秀才在鸾凤""长工与财主"等；这里物产丰富，风俗文化流传悠久，别开生面，流传着动人的故事，如"油溪'七夕'的量桥""新娘回门"等。

鸾凤民间故事，是当地人千百年来世代口口相传的文化，承载着历史，记录着鸾凤发展过程。这些故事，传递着劳动人民勤劳、智慧、善良、纯朴的正能量，教化着一代代的鸾凤人，树立了良好的地域民风。今天，鸾凤乡党委和政府决定，编印这本《"讲古"声声话鸾凤》故事集，目的是为了贯彻习近平同志的讲话精神，弘扬优秀的传统文化，留住鸾凤的历史，留住鸾凤文化的根脉。通过传统故事，传承民间优秀的文化，传递劳动人民的真善美。感谢光泽县委常委、宣传部部长、县政府副县长卢常传和光泽县委常委、纪委书记、监委主任姜燕，以及光泽县政府副县长、公安局局长陈忠对出版这本书的关心和支持。感谢光泽县委宣传部三级主任科员、中国民间文艺家协会会员高才保，用手中的镜头记录了大量的鸾凤面貌，为这本传说故事书籍增光添彩。感谢中国民间文艺家协会会员、福建省地方志专家库专家、光泽县文联副主席王建成老师多年来关注鸾凤，研究鸾凤，洒下了汗水，付出了心血，写出了这本《"讲古"声声话鸾凤》一书。

今天的鸾凤人认真贯彻党的二十大会议精神，以习近平新时代关于保护中华优秀传统文化的新思想为指导，从鸾凤的民间故事中汲取优秀传统文化的养分，讲好鸾凤过去故事，赓续鸾凤发展的历史，推进鸾凤各项工作前行。同时希望人们通过此书了解鸾凤，关注鸾凤，宣传鸾凤，推介鸾凤，让鸾凤在新时代大背景下重焕生机，鸾翔凤集，和谐共鸣，引吭高歌，展翅高飞，展示出更新更美的鸾凤风采。

是为序。

鸾凤乡历史沿革

鸾凤乡位于光泽县境东南部，辖地环城区分布。东与坪溪农场，东南与邵武市，南与李坊乡，西与止马镇，西北与华桥乡，北与崇仁乡，东北与寨里镇相邻。乡治所在地十里铺村，海拔257米，总面积323.98平方千米。

据清版《光泽县志》记载唐武德七年（624）置乡鸾凤、光泽，隶属邵武县洋宁镇。五代后周显德五年（958）洋宁镇改名财演镇，仍辖鸾凤乡、光泽乡。北宋太平兴国四年（979）财演镇升置县，以乡取名光泽县，属邵武军。鸾凤乡属光泽县，此属旧的地界划分。

当时全县区域划分设2乡10里：鸾凤乡领辖归仁里、延福里、冲霄里、永福里、招德里。光泽乡领辖安福里、招贤里、永德里、崇仁里、永宁里。元代沿用宋制，明代乡、里如故。明正德十六年（1521），光泽县将10个里以下建置重又划分为30个都，至民国二十三年（1934）。

现今的鸾凤乡境域，在都图完整建制时期，即明正德十六年（1521）至民国二十三年（1934），辖域分别属于县城周围的一都（县直管不属里）、归仁里的二都和三都，永宁里的十八都和三十都以及安福里十七都的一部分。民国二十九年（1940）至中华人民共和国成立初期，属第一区（崇仁）。

1951年崇仁区改称城关区。1952年8月城关区分为城关区、崇仁区。1958年10月撤销区建制，城关区、崇仁区合并成立卫星人民公社。1959年4月取消卫星等5个人民公社的称号，卫星人民公社改称杭川人民公社。1961年8月改公社为工委，杭川公社改为杭川工委，1963年6月改工委为区，杭川工委改称城关区。1964年5月，城关区改为城关人民公社，小公社改为生产大队。1965年城关公社增设高源大队，1966年增设蔬菜大队，1970年增设坪山大队。1972年2月，从城关公社划出崇仁、汉溪、洋塘、儒堂、池湖、金陵6个大队另设崇仁乡，杭川镇上升为县辖镇机构，从此杭川镇从城关公社划出。1972年原属邵武县水北公社的中坊大队，划入光泽县城关公社管辖。1973年增设上屯大队。

1984年9月城关公社改为乡建制，从而城关人民公社更名为鸾凤乡人民政府，沿用过去光泽鸾凤古老的地名为新的乡名，但地域辖管范围缩小。生产大队改为村民委员会，生产队改为村民小组。全乡14个村，其中饶坪、油溪、上屯、君山、坪山、崇瑞、中坊、高源、双门、黄溪、大羊、大陂12个村沿用原名，只有杭川大队改名为武林村、蔬菜大队改名为文昌村。1989年11月增设十里铺村，从此划定全乡区域。鸾凤乡辖饶坪、油溪、上屯、君山、坪山、武林、崇瑞、中坊、十里铺、高源、双门、黄溪、大羊、大陂、文昌等15个村和1个乡办大陂林场、1个乡办石岐茶果场等。2019年增设2个社区：中坊社区、坪溪农场社区。境内有乌君山、天明山、白云峰、火焰山、叠水瀑等自然旅游景点，以及齐天庙、承安廊桥、洪光塔等人文建筑景点。

鸾凤是个古地名，但为什么叫鸾凤呢？从史料推断，因为辖地有鸾山、凤山，所以取名鸾凤。1984年9月撤城关公社建乡时，根据新的乡辖地域划分取名时，考虑现今大多地域还在西路古时鸾凤乡的地界。所以仍取名鸾凤，以延续这古老的地名。另外根据一则流传故事，说是很久以前，鸾凤这里属荒服之地，住着很多闽越先人。他们以氏族为部落，勤劳朴实，用简单的石器生产，来创造自己美好的生活。在这些氏族人群中，有一对相爱的年轻男女青年，他们被好色狠毒的氏族首领迫害，相继而死。身躯化作了鸾山和凤山，有凤鸟相互和鸣，所以鸾凤从此成了地名。

鸾凤乡政府大楼

目　录

悠远的地域传说

　　镇岭盘古庙话远古　/ 3

　　武陵有舜迹　/ 5

　　大陂留禹名　/ 7

　　鸾凤商周的土著　/ 9

　　商周时的鸾凤人　/ 10

　　鸾凤地名的由来　/ 11

　　鸾凤差点成县名　/ 13

　　王河钊乌君洞遇雷公　/ 14

　　秦汉徐仙治瘟疫　/ 15

　　五虎攒羊，七弄三堆——说虎跳　/ 17

神奇的山水人文

　　"东南名胜"乌君山　/ 21

　　神奇的九龙峰　/ 24

　　"道教圣地"白云峰　/ 26

　　"金鸡报晓"的天明山　/ 30

　　形神相宜的鸡公山　/ 32

八仙相聚的会仙岩　/ 33

玉珠点缀的飞泉崖　/ 35

富有动人故事的扁担石　/ 36

水中笔架石　/ 37

"闽江源头"富屯溪　/ 39

富有想象的回龙潭　/ 41

坪溪的来历　/ 42

神话传说的石岐溪　/ 44

北沟"叠水瀑"　/ 45

大水坑的"跌水涧"　/ 46

民众推名的仙华洲　/ 47

满滩是金的乌金洲　/ 48

传说中的日月洲　/ 49

丰富的村落历史

油溪本来叫油榨　/ 53

饶坪最早叫曹家坪　/ 55

高源又叫七里庙　/ 56

"上屯"没有"下屯"　/ 58

境东有个十里铺　/ 60

大羊因羊而名　/ 62

崇瑞原名桐屋下　/ 63

双门亭子前后门　/ 65

黄溪起名因黄鸡　/ 66

君山坪山是一村　/ 69

以宫为名的文昌村　/ 70

中坊村名的由来　/ 71

七十垅村的由来　/ 73

莫家塅无莫姓　/ 74

天子岗没有出天子　/ 75

梁家坊无人姓梁　/ 75

大洲卢氏祖先　/ 77

册下章氏人家　/ 78

牛岭的陈家　/ 79

上源的沈姓家族　/ 81

曹家湾有"将军"　/ 82

深厚的乌洲理学

李起乌洲开族　/ 85

李巽的"登第吟"　/ 86

李铎爱书成性　/ 88

李浩庐山读书　/ 89

李深刚直不阿 /90

　　李郁投师杨时 /92

　　李吕与朱熹 /94

　　李闳祖桂林传学 /95

　　宋朝探花李方子 /96

　　李文子与《蜀鉴》 /98

　　李应龙西山书院传道 /100

　　鸾凤景点的理学诗 /100

众多的民间建筑

　　寓意平安的洪光塔 /105

　　傅氏兄弟建造承安桥 /108

　　震慑猴精的齐天庙 /110

　　历史悠久的瑞岩寺 /112

　　民间广立的康济庙 /114

　　大羊、佛沙等村的"福善王"庙 /115

　　西溪水头的天后宫 /117

　　万寿宫立于和顺渡 /119

　　下仙华的天妃宫 /120

　　家族向往的高育公祠 /122

　　高源的黄岭古亭 /124

不在省际边界的王际坳关　/ 125

有趣的乡俚故事

罗天秀才在鸾凤　/ 129

狗的故事　/ 139

长工与财主　/ 142

乞丐秀才与小姐　/ 146

狮子流泪　/ 147

松树林里葬大官　/ 148

"虎形山"财主恶似虎　/ 150

吹　牛　/ 151

穷小子娶富千金　/ 152

雷打不孝子　/ 153

张姓人发家　/ 154

三兄弟应梦落脚　/ 155

"柴伢则"气死"邱百万"　/ 156

迁坟打官司　/ 157

高侍郎状告吴尚书　/ 158

用虱子换公鸡　/ 159

香菇客杀四虎　/ 160

独特的民间风俗

    油溪"七夕"的"量桥" / 163

    田公元帅与三角戏 / 166

    上屯茶灯舞 / 168

    新娘"回门" / 169

    过年"请新姐夫" / 170

    "新年送柴（财）" / 172

    擂茶的"叫茶" / 173

    农家除夕"烧岁火" / 175

    祭亲的"拦社" / 177

    清明粿的传说 / 178

    花饼的由来 / 180

    仙草糕的来历 / 181

    糯糍粑的故事 /183

    端午"备节茶" / 184

    中秋"拔芋卜子" / 185

    银杏姑娘 / 186

    李白与米酒 / 187

    蛇酒传奇 / 189

后记 /191

悠远的地域传说

镇岭盘古庙话远古

镇岭盘古庙

在光泽县鸾凤乡下镇岭的南头,原来有一座庙——盘古庙。

这座盘古庙与干坑香炉峰盘古庙是一脉相承的大小庙。说起它的来历,当地民间还流传着一个故事。

混沌时代,人类的祖先盘古开天辟地,创造了山脉河流、草地原野、日月星辰,也创造了人类。于是,盘古成为人类尊崇的始祖。

香炉峰海拔1930米,是福建境内的最高峰,号称"华东第二高峰"。传说它是盘古开天辟地的产物,上面诞生了最早的人类。这些原始人在山上茹毛饮血,吸收日月之精华,过着野人般的生活。随着一代代人的进化,文明程度不断提高,盘古的后人适应了大自然的生活。有一年,一位智慧的老人提出,要在这山顶建一座庙,安放人类的始祖盘古塑像,用于后人春秋和平时祭祀,以示慎终追远。要让世世代代的后人不忘盘古祖先,牢记自己从何而来。他这个提议立即得到了大家的拥护,于是盘古的众后人在原始的香炉峰山顶平坦处开始动工，石匠开岩凿石，瓦匠烧砖瓦，木匠砍树刨木，泥匠砌基筑墙，很快就盖起了一座庙宇，立起了祖先盘古的塑像，用盘古的名字作为庙名。当地人们祭天、祭地、祭祖先盘古，祭祀活动由此开始。

许多年后，随着香炉峰上人的增多，生活诸多不便，于是一批批盘古后人离开这里，开始迁往山下。不知什么年代，盘古一些后人从香炉峰上下来，到了鸾凤镇岭这个地方。他们见这里一面靠山，一面靠水，旷野平整，地势开阔，很适合生存，就马上在这里安下家来。他们在这里盖房开荒，耕田种地，打鱼狩猎，并且振兴家族，繁衍后代。为了不忘祖先，一天，家族中一个百岁老人召集全部的人，他感叹道："我们家族今天如此繁荣，这么多的后人，让我看到了第六代子孙，正是祖上的'阴功'。我提议，建一座我们祖上盘古的家庙，让后辈世世代代不忘祖先，世世代代祭祀祖先！"于是大家纷纷赞同。

于是就由百岁老人牵头，族人纷纷出钱出力，他们按照香炉峰上的盘古大庙的轮廓建起了一座盘古小庙，安上盘古塑像，以示自己是盘古先人的一支。这位老人建起庙后没有多久就去世了，他的牌位也被安放在盘古塑像旁，受后代子孙的祭祀。从此以后，每年春秋和盘古生日时庙里还举办大型的祭祀活动，附近的盘古后人也会前来参加这个祭祀祖先的仪式。这批人也成了当地的土著，相传为闽越人最早的一支。

时光荏苒，不知多少个年月过去了。镇岭这个地方发展很快，聚集的人越来越多。各地迁来的人都在这里定居，一代代人繁衍生息，一代代人拓土开域，形成人口聚集的中心，特别是明清时期，成为光泽一个热闹繁荣的镇岭坊。有名的镇岭一条街，长约千米，分上下镇岭，都是农耕商贾民居所在，前连着城区的善利桥，后接着往乌洲的浮桥，因为地方重要，有兵镇守旁边山岭，雄视境北，所以古坊名号称"镇岭雄风"。而立在这里南街头的盘古小庙香火也更旺了，一年到头活动不断。

盘古庙经过不知多少年，历代不断地翻修，庙址也不断更换。近年因为城区改造道路要拓宽，在镇岭南头的这座小庙又移到九墩山附近，按原庙的轮廓进行重建，一直保留下来，成为鸾凤史前人类盘古信仰文化延续下来的一个生动缩影。

武陵有舜迹

鸾凤乡内的武林村，大致地域范围为过去武陵坊所在地，古时的坊

武林村部

名为"武陵舜迹"。相传远古时舜帝曾来过这里，后来当地建有一个"劝农亭"，留下了遗迹，故有这个名字。

然而为何武陵坊会有远古时代贤明帝王舜的印迹呢？这其中还有一个故事。

相传许久以前，尧禅让舜为帝，舜不负厚望，为国为民日夜操劳，无暇在帝宫中享受生活。平时他布衣蔬食，轻车简从，奔波在各地。体察地方的民情，了解民间疾苦。他夙夜忧心于民事，关心民众温饱。并注重农耕，兴修水利，劝事农桑。一日，他来到荒服之地的光泽武陵，

时下春光正好，万象更新，正是春播的大好时候。可是沿途碰到的许多农人却不思农耕，赏花弄鸟，无所事事，到处游荡。舜帝深感忧虑，不觉地皱起眉头："民以食为天。眼下春季大好时节，人误春一季，春误人一年。不抓紧农耕，秋收如何有收成，人们何以生存？"

于是，他上前劝说农人："春天了，你们不要再游玩了。要赶快耕田播种，误了农时就没有饭吃，你们如何不抓紧？"

可是农人们却懒懒地答道："是啊，春光正好，柳绿花红，百鸟歌唱。人生能有几回春，我们要及时行乐，享受春光，不负春光，种田耕播，以后再说！"

"春种一粒粟，秋收万颗籽。你们这样不行，误了春一季，春会误你们一年，你们吃饭怎么办？赶紧去耕种吧！"

农人们听了舜苦口婆心的劝说，顿时醒悟过来。后来有人认出了这是舜帝，更加肃敬起来。大家纷纷相互招呼，回家拿起农具，奔向田野。

舜帝看到农人行动起来，一个个在田里耕播忙碌，才欣慰地点点头，又行向别处。

当年秋季，武陵五谷丰登，六畜兴旺，人们吃上了饱饭，过上了好日子。当地农人感激舜帝春季劝农之恩，为了铭记舜帝劝农不误农时这件事，特地在舜帝当年劝农的地方建起了一座"劝农亭"，春社秋社时进行祭祀。因为有这"劝农亭"，农人们不敢荒废农时。农人们看到这亭，就想到舜帝当年的苦口婆心劝事农桑，马上去做农事。因为他们体会舜帝劝事农耕的良苦用心，知道粮食是国家之基，民众之本。没有粮食，国将不国，人就不能生存。不管什么年代，什么时候，只要手中有粮，心中才会不慌。

数千年过去，光泽武陵坊的"劝农亭"早已破败，没有了遗迹。但"武陵舜迹"作为古坊地名却保留下来，让后人从中苦苦寻觅舜帝的遗迹，了解当年舜帝劝农的历史，思索体会舜帝劝农之言的道理，也一代代流传下来这个故事。到了明朝，有一任叫钟华的县令，见这里如东晋"不为五斗米而折腰"的陶渊明笔下描写的《桃花源记》中的情景，因此，把这里起名叫"武陵坊",坊号为"武陵舜迹"。直到20世纪80年代,开路并命名为"武林路"。后来改社为乡时,所在地的杭川大队以此为名就叫"武林村"。

大陂留禹名

大坡村部

鸾凤乡有个大陂村,过去又叫大坂,是个传统的古老村落。

陂和坂都有水边之意,这里为什么叫大陂和大坂呢?这其中还流传有一个故事。

相传远古时,大陂这里就有人类居住。那时,天下洪水泛滥成灾,大禹奉命治理水患。到处奔走,疏通水道,有"三过家门不入"的故事传下来。他曾路过鸾凤,指导疏水道,改洪沟,建堤坝,从而留下今天大陂的名字。

那天,大禹来到今天大陂的地方,见这里地势开阔,青山环抱,西溪水从部落村边而过。可是洪水泛滥,经久不退,到处成熟的稻田都被淹没。一个个农人面黄肌瘦，背弓体弱，衣衫褴褛，提着锄钯站在高处，望着脚下洪水滔滔，到手的庄稼谷子泡在水里，大声地哀告："苍天啊，发发慈悲，给你的黎民留条生路吧！"

大禹听了心酸，深为民众的疾苦而难过。他对大家说："子民们，我是禹，我知道你们的苦处，今天我就是来帮助你们的！"

大家一听，他是闻名于世的治水之"神"，于是纷纷涌过来把他围住。你一言，我一语地向他诉说洪水之害，诉说农人种田之苦。祈求他想办法，把洪水治住，让大家过上好日子。

大禹听了很有同感，他说："我们要齐心协力，拿出方法来战胜这水患！"招呼大家坐在地上，一起商量，出主意，想办法，怎么解决洪涝问题。大禹看了周边的地理环境，一边是山，西溪水围着山边而过，部落和田地都在低洼处。提出进行疏堵结合，让洪水改道，把洪水管住。并在田地前面的溪岸高筑堤坝，让水为田浇灌而又不淹田，化水害为水利的建议。大家听了，纷纷举手叫好。

于是，大禹根据这里田地的地形，疏排洪水的路线，绘出了修建堤坝的图，留给大家。走时，他听说此地无名，就起个名字叫大陂。这里的民众根据设计图，请来了工匠，大家一起挥锄助力，先让洪水改路。接着在水边到处建设起堤坝。从此洪水改道，溪水被堤坝控制，为民众田地所用，不怕涝，不怕旱，粮食年年丰收，人们过上了幸福的日子。

因为有这些水边的堤坝，人们根据大禹起的名字把这里叫大坂，又叫大陂。后来就有了大陂大队、大陂村，并留下这个远古的故事在民间流传。

鸾凤商周的土著

在鸾凤境内，陆续发掘出商周时代遗址数十处。这些遗址表明，在商周时代，鸾凤就有大量的闽越土著先人居住生活，繁衍后代。

关于商周的人文历史，闽越土著在鸾凤的繁衍发展，众说纷纭。当地史料记载着有关线索，民间也有相关的故事流传。

说是在商周时期，闽中沿海地区有一家闽越人，因为在海边居住，没有田地，只有靠打鱼为生。海上气候变幻莫测，时常风大浪高，因打鱼工具简单，他们经常打不到鱼而饿肚子，一家人无法过上温饱的生活。为了生存，他们只好告别家乡，离开这沿海地区，到内陆山区去寻找适合自己生活的地方。

他们拖家带口，筚路蓝缕，一路走过来。山区许多地方都有闽越人分散居住，没有他们理想的栖息地，他们只好一直再往前走。一天，他们来到光泽西路鸾凤的地方，就是今天武夷山脉的腹地，这里山光水色，景色秀丽，有山有河，土地平整肥沃，适应耕种。而且森林茂密，林中野果吃不完，还有菇、笋等很多山珍，河中鱼类很丰富，可以满足他们一家的生活。当时这里周围没有人烟，到处可以居住，能够过着与世无争，温饱自给的生活，一家人为此都很高兴，于是商议了一下，就决定在这里落脚。

他们一家人放下东西，马上动手，砍树搭屋，安下家来。刀耕火种，在平整处烧荒，开出了田地，种上谷子和玉米等农作物。接着上山采野果，打野兽，把兽皮剥来做衣服穿。还到河边打鱼，改善自己的生活，日子越过越好。他们家先后生了10个儿子，都慢慢地长大成人，父母就让他们沿着西路分开居住，各自创家立业，繁衍后代，壮大家族，一代代传承下来，他们成了鸾凤当地最早的商周土著先民。

悠远的地域传说

今天，你来到当年鸾凤所在的地方，到处都是商周时代留下的遗址。鸾凤的油溪杨山、石岐燕子飞山边、九里峰脚下等，诸多的商周遗址印证着土著先人生活的痕迹，再现他们当时生活的情景。看这些遗址，听商周的故事，让人不由地联想到 4000 年前，正是这些闽越先人开创了今天的美好鸾凤。正是因为有了商周时期的土著，才有了今天鸾凤的文明。

商周时的鸾凤人

鸾凤境内陆续发掘出很多处商周遗址，充分证明这里商周时就有人类居住。当地民间留下的无数神话故事，印证着闽越先人在鸾凤的历史。

传说在商朝末年纣王时期，鸾凤现在大陂村的大岭下有一户贫苦人家，家里吃了上顿没下顿，只好把唯一一个 7 岁的儿子送到大户家放牛。这孩子聪明勤劳，有礼貌。在财主家放牛，每天早早起来就将牛牵到山谷中吃新鲜的青草，把牛喂得饱饱的晚上才回来。到家还把牛圈和院子都打扫得干干净净。财主家人对这孩子也都喜欢。财主当时有一个儿子与他同岁，因此也有意想把他也过继为儿子，跟自己儿子做伴。可是这贫困人家不愿儿子过继，所以一直没有答应。

一天，这孩子又出去放牛，到更远的山上去让牛吃更嫩的青草。他赶着牛走着，走着，走了不知有多远，突然发现路边大岩石旁有两位白胡子的老人在下棋。老人聚精会神，他怕惊动他们，就轻轻走过去，静静地观看。久了也看出点门道，心想这棋这样下，倒是很神奇。老人也发现了他，笑着让他看下去。他看得累了，肚中又饥饿，一位老人随手递过一个山桃给他，他也没客气，接过来低着头几口就吃进肚里，没想到吃完山桃后，他精神焕发，全身有力。当他抬头时，两位老人都看着他笑。一位老人开口道："孩子，赶快回去吧，这个棋盘就送给你。"说完就不见了。

他当时觉得奇怪，只见棋盘棋子在岩石上，棋盘底部刻着"商制"。于是就转身找牛，可是牛却不见了。他"哞哞"地大声呼唤，也没得到牛回应。他想，可能是牛自己先回去了吧。于是就循着旧路回到村里。可是再也找不到家了，只有一片废墟在那里，父母也不见了。他去找财主家，财主家的房子也变样了，财主家的儿子已经77岁了。讲起往事，财主的儿子记起放牛娃已于70年前商朝时一天放牛出走，现在已是周朝。放牛娃奇怪了，才在山中看了一会儿棋，怎么就过去了70年，连朝代都换了。只有山水和小时记忆中的一样，村子更加破破烂烂。除财主这个儿子外，没有一个知道放牛娃事情的人，放牛娃的父母也不知怎么死的。他想可能是在山中遇到的老人是仙人吧，那里是仙界，所以他虽然待了一会，下界已过了几十年。

他只好在家中废墟上搭了草棚，平日不用吃饭、喝水，一直活了百岁。他就是鸾凤大陂商周时的先人，也因此在这里留下了早期商周土著人的生活传说。

鸾凤地名的由来

地处城郊的鸾凤，是个古地名，但为什么叫鸾凤呢？说起来还有一个动人的故事。

相传很久以前，鸾凤属荒服之地，住着很多闽越先人。他们以氏族为部落，勤劳朴实，用简单的石器种田生产，男耕女织，来创造自己美好的生活。

在这些氏族人群中，有一对男女青年。男的英俊能干，女的美丽勤劳。他们相亲相爱，一同劳动，下田种地，上山打柴，让人很羡慕。大家都说他们是天造地设的一对，都为他们感到高兴，祝愿他们的爱情生活美满幸福。

氏族部落的头领是个专横霸道的人，靠剥削氏族人群而生活，是大家眼中的"活阎王"。他虽然年近半百，妻妾成群，但依然非常好色。一天，他去一个下人的家中收租，路上看到了这位年轻的女子。虽然穷苦出身，穿戴简朴，但如小家碧玉，生得美丽恬静，仪表幽娴。他一下垂涎三尺："真是只山沟里的金凤凰啊！"他没想到自己的部属中还有这等美色，心里暗自高兴。认为自己是头领，这女子归自己就如探囊取物，手到擒来。于是忍不住就要上前调戏一番，没想到众目睽睽之下，被年轻女子严厉痛斥了一番。当时许多旁人在场，齐声哄笑，他无法逞威，只有恼羞成怒地丢下一句："你等着，看你能逃得出我的手心！"就灰溜溜地走了。

回到家里，"活阎王"眼里尽是那女子的影子，很是不甘。于是就想出了一计，叫管家带着聘礼到女子家里正式提亲。女子的父母都是老实的农人，心里骂："这老色鬼，有那么多老婆还不够，还要打我们女儿主意！"但他们有气在心里，嘴上却不敢吭声。只推说女儿早已定了亲，许配了人家，一女不能二嫁。可是女子听了却不管这些，直接把聘礼扔出门去。那管家碰了一鼻子灰，只好出了门，回来将提亲的经过添油加醋地说了一遍，并说那男青年也是本部落的农人。"活阎王"听了更是怒火中烧，恨从心生，马上叫了一帮"狗腿子"去把男青年抓来，严刑拷打，威逼他退亲。那男青年宁死不屈，坚决不肯。"活阎王"更是大怒，当晚叫"狗腿子"将男青年打死扔在外面。可是扔下地时，突然天空"轰隆"一声巨响，男青年的尸体站起来，化作一座大山立在那里。那些"狗腿子"当场全部吓死，化成了一座座小山匍匐在旁边。女子听说男青年被抓走打死，"活阎王"又带人来抢她。就马上独自逃往男青年的家中，可是逃到现在的双门村下小源与高源交界地方，"活阎王"带人已追到，她情急之下，一头向前面的大岩石撞去，"轰隆"地也化作了一座大山立在那里。那"活阎王"见状无奈，知道是触犯了神灵，吓得赶紧逃了回去。

从此两座大山立在那里，虽然相隔很远，但两山相对，互相遥望。每到暮云升起，两座大山两边的云朵就会飘浮相连到了一起。最奇怪的是，男青年变的山上飞起了无数鸾鸟，日夜鸣叫。那女郎变的山上飞出无数凤鸟，相互和鸣，声声哀叫。时间日久，人们就把男青年变的这山叫"鸾山"，女的这山叫"凤山"。于是当地就有鸾凤和鸣的故事流传下来，讲述着一个远古凄美的爱情故事，在民间相传到今天。因为有了鸾山和凤山，所以鸾凤从此也成了这地方的名字。

鸾凤差点成县名

光泽建县前，该地区属邵武的洋宁镇，后改名为财演镇。镇所先设在崇仁，后设在杭川。镇下辖光泽、鸾凤两个乡。该地北路山光水色，青山叠翠，碧波荡漾，所以叫光泽。该地西路有鸾山和凤山，所以叫鸾凤。

当时光泽乡和鸾凤乡，范围不是现在这个样子。大致是该地西路属于鸾凤乡，北路划为光泽乡。北宋太平兴国四年（979），财演升镇为县，划为10个里，光泽乡和鸾凤乡各管5个里。可是当时定县名时，要从镇名和乡名中提取一个名字做县名以保持地域名称的连续性。定哪个名字可以提升名誉，能延续过去，代表今后的发展？于是大家商量来商量去，一直定不下来。财演、光泽、鸾凤三个地名都不错。财演有财富之意，光泽有美丽之意，鸾凤有吉祥之意。于是拖延了很长时间，都定不下来。最后还是刚调来的县令拍板："哪个地方人口多，地方大，资源多，就用哪个名字。"

当时财演镇地处杭川，范围不大，资源也少，人口也不多，地方一直也没有太大起色，于是排不上名次，也不用争执。光泽、鸾凤代表该地区北和西两路，范围相当，条件优势也一样，人口也差不多。当时乡和镇范围没有那么明确，县衙差役连夜分工，北路西路一里一里地清点而过，可是算来算去，最后得出的范围、资源、人口数字还是一样。怎么办？县令老爷感到很烦恼。恰在此时，光泽北路一个里长的夫人刚好月满生子，多出一人，于是县令就以北路为名，乡名"光泽"就升格成为了县名。

然而鸾凤当时虽然没争上县名，但其实也一样，还是保留原来的地界，只是名称上变化而已，没有影响什么。光泽县成立后，以里为下一级建制，接着又设都图。一直到明代又有重新确立都图甲，按都图甲管理。后来没有了乡名，鸾凤的名字很长时间就没有用了。

直到1984年，光泽县恢复乡镇建制。原有的城关公社改乡名时，为保护地名文脉，根据古地名的沿袭，再加上这里所属的村大多是当年鸾凤的地方，于是就命名为鸾凤乡。但管辖的范围、人口、资源远非昔日的整条西路，只是局限在城郊附近的范围。然而今天的鸾凤虽然地处范围小一些，但真正的优势却不小，因为地处城郊实际上也享有很多优势。

王河判乌君洞遇雷公

传说古时，有一个叫王河判的药士，也不知何方人士，一天进入鸾凤饶坪境内的乌君山中采药。

乌君山峰高路险，森林苍郁，百草丰茂，是个天然的药草园。里面什么名贵药草都有，琳琅满目，一时让他目不暇接。作为医者，碰到好药草就如碰上奇珍异宝，他欣喜万分。他不拣道路往里走，沿途眼不眨，手不空，采下了大量珍奇药草放进自己的背篓里。不大一会，背篓就满了，他开始寻路往回走。

可是他对山中道路不熟，林荫岩暗，突然，天阴电闪雷鸣，大雨瓢泼而下。他赶紧向前快步地走，走着走着，不知到什么地方。没想脚下一打滑，坠入一个深深的山洞里。等他站稳后走进山洞，里面非常宽敞亮堂，正中坐着一个花白头发、满脸皱纹的老婆婆，年纪很大，不知有多少岁。他胆战心惊，赶忙上前行晚辈礼，解释自己坠洞的原因。老婆婆听了笑笑说："这是雷公洞，平时不为人知，这个地方也不许人来。我老太婆倒没关系，可雷公是我的儿子，性格暴躁，他会计较。现在我送你出洞，你不用害怕！"

正说着，雷公行完法回洞，看到他大吃一惊，忙问母亲："这是何人，为甚闯入我洞中！"雷母掩饰地回答："这是我的兄弟，也就是你的舅舅，今天特地来这里看我！"雷公说："既然是亲族，那就饶了你吧！现在快点走，不要再来，否则我就不念亲情啦！"

说完指出一条路，王河判赶忙出洞。走出不到几里，只听身后一声霹雳声响，路已全部被雷击断，也从此不知洞在哪里。

后来，王河判作为古时的乌君神灵，塑像被祭祀在饶坪村口过去的仙圣庙中，享供人们的香火，这个传说也在县志中记载下来。

秦汉徐仙治瘟疫

传说古时光泽县西路都属鸾凤，当年仙人徐仲山的遗存大多在今天饶坪的乌君山这边。可是在止马村的老街街尾，也有一座古庙"徐仙寺"，一年四季有人祭祀，香火不断。而且止马还有徐仙山，在附近危家塘还有徐仙祠。

为何在光泽县西路止马村有这么多有关徐仲山仙人的遗迹呢？这其中还流传着一个他施药治瘟疫的动人故事。

相传秦汉年间，鸾凤乌君山下一个药士叫徐仲山，靠行医治病为业。一日，他在山中采药时，突遇狂风暴雨，一下子迷了路。而入乌君洞，与乌君女联姻而成仙。由此他得仙传，医术精进，到处行走，诊病施药，妙手回春，救人无数。宋朝的《太平广记》中记载了这个徐仲山进山采药，得遇乌君女而成仙的动人神话传说。清代本县诗人高隆程的《乌君山》一诗："乌君之仙安在哉？徒闻徐促婚仙回……空山风雨生秋晨，惆怅讶逢采药人。只今崖畔秋花发，疑是徐郎药苗春。"

一年夏季，光泽北路发生严重瘟疫，传染很快，到处都有人感染，人死无数。当地许多药士虽然全力救治，但面对这么严重的瘟疫，也是行医施药无效，一个个束手无策。这里被感染人一天天增多，死人也一天天增多，家家哭天叫地，呈现"万户萧瑟鬼唱歌"的惨景。人们面临着瘟疫的威胁，在这生死存亡之际，只能呼告苍天。

那天，这里来了一位老人，白须长袍，仙风道骨，自称是徐仙。因为云游前来，听说此次流行瘟疫。他一路到了各村各户，看到瘟疫流行的严重程度超乎了他的想象。看到许多病人在垂死挣扎，许多人家已经灭户无人。于是他马上开始配制药水，到处喷洒药水消杀病毒，并禁止人们互相接触，隔断病菌传染。然后拿出炮制加工的灭瘟药丸，投入烧水的大锅中，让感染上瘟疫的人一个个前来取药水喝。仙丹妙药，非同小可，生病的人喝了药水，马上病情就痊愈了。

见到这里的瘟疫传染控制住了，病人一个个喝了药水都痊愈了，徐仙高兴地向人们道别。可是人们不知道他是仙人，只是千恩万谢，不让他走，坚持询问他是何方人，叫什么名字，好在日后前去答谢他。徐仙见人们这样诚心，很是感动。又不好回答自己已是仙人，只好顺口说是西路鸾凤人，姓徐，才脱身而走。

于是，北路人们筹集了许多金银钱财，来到鸾凤西路这个地方感谢他。可是从城郊一路问到止马，从止马街头问到街尾，都没有人知道他这么一个人。最后大家商量了一下，只好将钱财留下，在止马街尾盖起了一座庙，取名叫徐仙寺。里面供奉他的塑像，人们定时来祭祀和纪念他，感谢他施药救人的善举。这座庙后来成了当地一座有名的寺庙，到处有人来祭祀，定时有人来修复。当你今天来到止马，这里的人们会向你介绍这个寺庙，讲述徐仙施药治瘟疫救人的动人故事。

古时，地名划分光泽县西路都是鸾凤地界，现在的鸾凤是后来划分的地方。看完这个故事，所以有徐仙寺、徐公山、徐家祠堂在止马地界也就不奇怪了。

五虎攒羊，七弄三堆——说虎跳

在鸾凤大羊村的虎跳自然村，有一句"五虎攒羊，七弄三堆"的俗语，这是一句描绘地域人文的古话，传下来已不知多少年、多少代。

说起"五虎攒羊"这句俗语，先看虎跳的地形，这里三面靠山，一面靠河。后山和左中山都是老虎的形状，中间山窠里面是村庄。河对面有两座山如虎前蹄伸起，似两只虎要跳跃过来，所以虎跳之名从这里而来。中间山窠住的人家，在这里如被5只老虎围住。当地流传着：有这五座虎形山，姓杨（羊）姓朱（猪）的不住，所以村子没有杨姓和朱姓的人。传说当年有五只虎精，正在捕捉食物，把一群山羊赶到这里围住，眼看羊入虎口，天上慈悲大仙驾云路过此地时，见状于心不忍，用手中的神杖向下一指："住着！"这五虎顿时一动不能动，保留当时张牙舞爪的形状，所以有了这"五虎攒羊"之地。

相传远古时期土著人来到这里，集聚在一起，以"弄"为界，分割居住，各走各"弄"。他们以打猎和捕鱼为生，有七条"弄"子通向山上和河边，人们按"弄"谋求生计。古时没有火，人们是生食食物，后来用天火燃烧森林留下的火种烧熟食物，因此人们学会了做熟食，以"堆"留火，留下了火种供人们取火用炊和冬日御寒。因为人多，他们在背隐遮阴的地方留下大堆的火种，用木材接续，保证火种不会灭。一个"堆"不够，也怕万一火种熄灭，没有火源，就分地方留下三个"堆"火种，以保证这里人正常生计的用火，延续人类的生命。

到了后来，这里有许多人家，多姓氏的家族在这里繁衍发展，有千百年之久，因此形成了一个大的村落。今天你来到这里，远看到这虎跳的形状，近看远古分住的"弄"和留着火种的"堆"遗址，在村头的老樟树下听老人讲这"五虎攒羊，七弄三堆"的远古轶事，不由地让人为之感叹。

神奇的山水人文

"东南名胜"乌君山

乌君山

在光泽县城东北面鸾凤乡饶坪村旁，有一座名山叫乌君山，乌君山俗名玹山，亦称猴子山，位于光泽县境内的东北方向，光泽、邵武、建阳三县（市）交界处。主峰海拔约1640米，有大小山峰30余个，方圆30余里。乌君山名的由来，据说是秦汉年间药士徐仲山进山采药，得遇神仙乌君配女，故名乌君山。《寰宇记》卷101中的邵武军邵武县一篇记载："乌君山，在县西一百里，高二千二百丈……秦汉之代有徐仲山者，于此山（采药）遇神仙妃耦，多假乌皮为羽，飞走上下，故山因名之。今有乌君石存焉。"

乌君山顶的双玹峰是两座形状突兀的山巅，如同占卜吉凶的杯玹，因而得名，所以乌君山也称玹山；而称为猴子山是由于山顶大、小峰形状酷似两只猴子蹲坐。宋朝元祐年间，本地知县江逌游此山作过一首诗："洞中烟锁五云楼，洞口寒泉今古流。见说秋高风雨夜，徐郎骑鹤更来游。"而乌君山之名正是由诗中提到的徐郎徐仲山的一段"人鸟联姻"的传奇故事而来。清朝乾隆版《光泽县志》中也记载着徐仲山入山采药遇仙，与乌精灵鸟变成的女子结为夫妇的传说。山上风光旖旎，景物别致，自古以来吸引很多文人墨客前来游览，留下许多诗篇和人文景观。最动人的是有关此山名字的神话传说，记入北宋著名的《太平广记》书卷中，千百年来在闽赣边陲的百姓中广为流传。

相传在秦朝时，有一年闽北一带瘟疫流行，百姓遭此大劫，真是"万户萧瑟鬼唱歌"。乌君山下有一位青年药士姓徐，名仲山，他祖传医道颇为高明，世人称赞。此时他精心诊疗，广为散药，救治百姓，使许多病人转危为安。一日所采的草药已尽，他只好背起药篓，拿着药锄，往今天的乌君山中去采药。

乌君山山高林密，百草丰茂，宛如一个天然的药草园，各种药草应有尽有。这天他在山上采药，采完后时近黄昏，还未来得及下山。突然，天空由晴转阴，霎时乌云密布，天地昏暗，电闪雷鸣，风雨交加。他一时无处可避，正自焦急之时，忽见前面不远处有一洞府，上写着"乌君府第"。过去上山无数次都未见过此府第。此时，大雨倾盆而下，他没顾上多想赶紧冲过去，敲门求进，只听里面问话："何人敲门？"

"山下药士徐仲山遭雨求避，望给方便。"

门"吱呀"一声开了，走出了一位仙风道骨，鹤发童颜，手扶藜杖的老者来，说："哦，原来是乡邻高人，请进来吧！"

洞府里面宽敞、富丽、堂皇，有霞瑞之气缭绕，有仙乐从里面飘来。屏风后还有女郎的嬉笑声，随即有一位绝丽佳人缓缓而出，踱到老者身边。

仲山请教老者高姓大名，答曰："乌君"。

乌君老人招呼徐仲山就座，叫童子奉上茶来，询问仲山采药之事。仲山一一作答，并将山下百姓遭瘟疫之事告知。老人沉吟半晌，微微颔首道："难得你有这般济世救民的仁慈之心，老夫也学过医道，愿以相授。此乃小女，从学于老夫，也善岐黄之术，通药理，年已笈笄，昨梦有姻缘在今日，不想君来。老夫之意将她予你为妻，也乃天地之合，佳偶天成，日后你夫妻二人携手共救百姓之疾苦，如何？"

那丽人听了羞惭满面，背转身去，越发显得妩媚。

仲山听了大喜，也有些惶恐："承蒙老丈厚爱，无奈村泽草民，恐有负令爱。"

"老夫行事向来以信为本，今晚就让她与你成亲。"

当晚洞中府第红烛高照，花团锦簇，笙歌轻绕，徐仲山与乌君女成就了百年之好。第二天，乌君老人搬出自己手写的三卷药书，一一地向徐仲山讲授。一连三天，徐仲山感到医道精进，得益不少。并在乌君老人的指点下，他们夫妻用药草合制了许多药丸。徐仲山救民心切，第四天就急着背起药篓要下山，临行时，乌君女拿出一件五彩翎衣道："郎君穿此而去，当晚可归。"果然，他一穿上翎衣就飞腾起来，缓缓地落在山下。他用药丸治好了许多染瘟疫的人，到晚上又飞回山中洞府。从此他每天早出晚归，乌君女在山中采药草，晚上他们共同制药丸。救死扶伤，济人之难。夫妻配合默契，相爱日深。而且名声大振，远近相传，他一下山，就有许多人慕名赶来求医。

光阴荏苒，一晃半年过去。一晚，徐仲山如常回归时，乌君女在房中独自垂泪，徐仲山忙惊问何事。乌君女良久才告知："妾与父乃乌鸦精也，在此山中修行千年，现行期已满，要升仙界。不想今得遇郎君，夫妻情长，不忍分离，故悲切耳……"

徐仲山听了肝肠寸断，如雷击一般，待了半天才问。

"天意不可违，否则天火降至，妾与父性命难保。望君保重，如妾在时一样救治百姓。"

这时，乌君老人也走进来，缓缓地说："人生没有不散的筵席，就此分别吧。望贤婿好好研读老夫留下的药书，把这济世之道留给后人！"说完，乌君老人和乌君女起身披上翎衣走出洞府，挥手慢慢地升天而去。徐仲山知事不可挽回，含泪招手，直至他们消失在天边。回头一望，只听"轰"的一声响亮,乌君府第已成了一个普通的岩石山洞。

徐仲山无比怀念乌君女,就在洞前结了一草庐而居。每日仍旧采药制药下山去救治百姓,一晚,他梦见乌君女前来说:"妾与父承天帝之恩,已入仙界。感君对妾之诚,无以为报。现有东村一张姓之女,美丽贤淑,也通医道,乃妾点化,汝可娶来为妻,代妾伴君终身,百头偕老。"徐仲山后来果然娶该女,一见如乌君女相似,语言也如出一口,也通医道。于是二人感情日好,恩爱异常。感激乌君女红线相牵,就在草庐中供起乌君女的牌位,日日焚香。从此夫妻二人精研医道,普救百姓。仲山至百岁而终。临终那晚,忽梦乌君女来说:"妾将君一生善举禀告玉帝,感动天恩,特命妾来度你升仙界!"第二天,乡民看到乌君女手携仲山,从山顶升天而去。

乡民们感激徐仲山一生行医为善,在他的草庐上盖了一座祠堂,叫徐仲山祠,来纪念他。后人传颂他与乌君女喜成姻缘的神奇故事,所以就把这山取名叫乌君山,这个山洞也就叫乌君洞了,这个故事也世世代代流传了下来。

神奇的九龙峰

鸾凤文昌村附近有九座连绵起伏的山峰,其形状似九条昂首向天、跃跃欲飞的苍龙,当地人称其为九龙峰。因当地方言中"龙"与"里"谐音,因此,人们习惯将"九龙峰"叫作"九里峰"。也有一种说法是,相传古时从山脚到山峰上的老城墙,小路蜿蜒到峰顶刚好9里,所以叫九里峰。九里峰主峰海拔640米,方圆约5千米。群山中有云岩山、千竹峰、旗山等,其中云岩山为著名的理学名山,是宋朝探花、理学大师李方子的云岩精舍所在地。九龙峰还有商周文化遗址,从出土的文物可以考证当年闽越人的生产生活。登峰顶看日出的奇景,为当地一绝。元代著名诗人黄镇成游此峰时曾题《九峰晴旭》一诗："朵朵芙蓉倚碧天，溪光岚影霭晴烟。望中佳致堪图画，疑在匡庐五老前。"

关于九龙峰名字的来历，当地还流传着一个故事。

相传很久以前，当地的富屯溪里住有九条龙子，这些龙子俱为孽龙所生。长大后为非作歹，各霸一段。经常互相斗殴，动辄兴风作浪，淹掉周围百姓的土地、房屋、庄稼，给当地百姓生活带来极大的痛苦。

这事慢慢传到天上除恶大仙耳朵里，这位除恶大仙疾恶如仇，法力无边，对这些孽龙子屡屡作恶很是气愤。为了辨真假，除恶害，他决定亲自去探察一下。于是他变成一个美貌的村姑，手挽花篮来到富屯溪旁。一会儿，果见九条龙子相继伸出头，张牙舞爪气势汹汹地鼓浪而来。除恶大仙轻轻一跳站到高处，九条龙子也跟着跳上岸，一个个色眯眯，笑嘻嘻地围上来调戏道："哪来的美貌娘子，快来，供我们哥儿几个享用！"说罢，就要动手动脚。

除恶大仙一见："果然不假！"没等这些龙子近身就纵身跃到半空，把脸一抹恢复了本像。九条龙子抬头一看，见是除恶大仙本人，个个吓得战战兢兢，腾身要溜。只见除恶大仙将手中的降妖杖向它们一指，大喝道："住着！"那九条龙子一个个仰头苦脸，老老实实地蹲坐在那里，一动也不能动。

大仙指着九条龙子骂道："孽障，你们作恶多端，残害了无数生灵，还敢戏弄老夫。现在给你们惩罚，让你们千年万代地蹲在这里，尝尝苦的滋味。"说罢，就驾云回天宫去了。

这九条龙子心里又气又恼，悔恨万分，但又无可奈何，一动不能动地蹲坐在这里。后来年代久了，尘沙泥土盖没了它们，并越积越厚，逐渐地堆成了今天这九座连绵起伏的山峰，这个故事也在民间一代代流传下来。

"道教圣地"白云峰

三仙宫

鸾凤乡大陂村附近有座白云峰，又名三仙嵊，位于城南15公里处，方圆约20公里，由20多座大小山峰组成，主峰海拔1088米。这里属高山寒冷地区，气温低而凝聚成深厚的云层，所以终年雾锁云绕。特别是晨暮山谷中雾气氤氲四起，弥漫与天相接，仿佛给山峰披上一层神秘的面纱。主峰锁在云雾中，少见其真面目。即使晴朗天气也有几片白云在峰顶缭绕，经久不去，令人叹奇，故有白云峰之名。

清代《读史方舆纪要》有载："离象牙而东四十里至三千嵊，飞泉怪石，人不可登。又白云峰，在县西南二十五里，奇峰特峙，高入云霄，晨昏有云气蒙其上，因名。"清朝版《光泽县志》中记述："三仙嵊，一名白云峰，城西南二十里。嵯峨耸峙，望之渺渺，天表云气盘礴及跻其巅。两笮登对，众峰环拱，老桧虬松，苍翠环绕。殿后池水四时不涸，中有异鱼，赤身四爪，鳞族中罕见其属，庙祀邱王郭三仙。邑人多于秋月结伴进香求辄应,远近咸仰,山岳之灵焉。"白云峰是著名的自然景点,也是著名道教圣地,至今还保留一座有千年历史的三仙宫一年四季香火不断。县内外许多大小寺庙中也都供奉这三仙公,是千百年来闽赣西北边境人们信仰的著名道教仙师。人们说起白云峰,必然要与邱、王、郭三位仙公联在一起。

关于这白云峰"道教圣地"和邱、王、郭三位仙公的来历,在当地民间还世世代代流传着一个感人的故事。

相传宋朝初年,光泽城西岭头的地方有三位年轻人。一位姓邱,叫邱东木,杀猪为生;一位姓王,叫王光荣,打猎为业;一位姓郭,叫郭必旺,捕鱼为本。他们三人为同年同月同日出生,结为异姓兄弟。但是三人虽各有本行,却不务正业,臭味相投,游手好闲,横行乡里。经常偷鸡摸狗,找架斗殴,搞得四邻不安,地方不静,所以激起民愤。人们看到他们都像看见瘟神一样,远远就避开,唯恐惹到他们。他们的家人也和他们反目为仇,视同路人,老早就断绝来往。久而久之,他们心里都感到很难过。一天,他们三人聚在一起喝酒,越喝越不是滋味,姓邱的突然叹了一口气说:"二位兄弟,我近来寻思了许多,觉得过去我们做了许多坏事,搞得地方不得安宁,乡亲和家人都不理睬我们,看样子这里是没有我们的立足之地了!"姓王的和姓郭的听了也有同感,附和道:"是啊,本身我们做的事也是伤生太多,再加上干了许多坏事,所以听人家背后骂我们今后会有因果报应。这样想来也主要是我们的不是,何不离开此地,去重新做人,去多做善事,以赎我们往日的罪恶,也让乡亲和家人改变对我们的看法如何?""对,对,可去哪儿呢?"姓邱的想了想说:"离此地30里的大陂,那里有一座白云峰,有水有地,人迹罕至,可以安身。"姓王和姓郭二人都同意。

于是三人连夜收拾东西前往大陂,翻山越岭而登上白云峰。10里山路坎坷艰险,快上峰顶时路经更为险要处,有一块悬空的大石伸出成路面,在风中似摇摇欲坠。下面是悬崖,让人触目惊心。过了这险处,前面山顶却是平旷空坪,风光旖旎,白云缭绕,花香鸟语,泉水叮咚的好处所。"怎么办,过不过?""我们所作所为都天怒人怨,现在为了重新做人找个好地方,就是死了也不足惜!"三人咬牙都一个个从石上过去。从此他们在山顶结庐安家,开荒种地,饲养家禽。并把收成的粮食瓜果和家禽挑下山来送给贫苦的人家,还时时为山下人家修桥补路,扶危济困,将劳动所得捐助他人。他们的家人和附近的乡亲都知道他们已改恶从善,都很高兴。

这样过了好多年,一晚,他们的家人和这一带的乡亲都做了一个梦,梦到三人前来辞行说:"亲人们,乡亲们,过去我们做了许多不好的事对不起你们,现在,天上太上李老君见我们能从善改恶,特地下凡来度我们三人成仙去了。今后我们会仙灵保佑你们四季平安,五谷丰登,六畜兴旺,过上好日子的!"第二天他们的家人和乡亲结伙上山,果然见他们的住所已空无一人,知道所言不虚。但从此以后这里果然年年风调雨顺,人们过上幸福美满的日子。

许多年后一天,一位樵夫上白云峰上砍柴,碰到身穿道装的他们三人。樵夫喜出望外,马上想到自己母亲生病在床三年,久治不愈,已奄奄一息,何不求三位仙师一起去为他母亲看病。于是上前陈述求请,三位仙师听了立刻答应说:"治病救人是我辈的分内事,我兄弟三人本是悄悄下凡间来此旧地重游,适逢你这事,也义不容辞。没说的,我们走一趟吧!"就随他一起下山到家,给樵夫的母亲喂下一粒仙丹,樵夫的母亲马上就病愈下床了,对他们叩头,并坚持留他们三位吃饭。三位仙师见锅里在煮肉,说我等不吃荤!因为没有锅另外煮,邱仙师拗了一段树枝往锅中一隔。立即肉归做一半,樵夫母亲马上在半边净锅中炒蘑菇、笋片等素菜招待三位仙师。吃完饭后三位仙师说:"打扰了,我等现留下仙丹一粒,用水化开一家人服用,将终身无病无灾!"说完一阵风过,三位仙师就不见了。于是樵夫很感激,到处向乡邻们叙说三仙师治疗他母亲的经过,他母亲叫他联合众乡亲一起上白云峰,在山顶三位仙师原居住地开挖一块宽大的地方，建起一座三仙宫，用这山上的岩石雕刻这邱、王、郭三位仙师的塑像，进行供奉，日日香火不断，一直延续到一千多年的今天。因为仙家有灵，人们信奉，后来县内以至邻近的江西等许多地方建庙都来此地烧香告请，再回去塑三仙公像安放，来保佑平安。

邱、王、郭三位后来成了这远近人们信奉的道教仙师人物，白云峰这里也成为闽赣西北边境道教的圣地。许多向善的人都会不远长路来这里祭拜，求医问药，保佑平安。因为上山要经过那段险处才能到山顶三仙宫，人们把此路面险石叫作"试心石"，心地向善的人会安全而过，心怀不轨的人会摔下悬崖。所以每年来这里烧香求拜的人络绎不绝，特别是每年农历七月初一开山门和农历八月十二日三仙公的寿诞时，闽赣边境各地上山来的信众达上千人。三仙宫中颂经声声，香烟缭绕，人们虔诚向道，来来往往，热闹非常。

当晴朗之日你来到这里，远远看到山顶上几片白云循环缭绕，美妙多姿，经久不去，会感到白云峰名不虚传。更有听到人们向你讲述邱、王、郭三位仙公这个当年改恶从善，得道升仙的动人故事，你会听得如痴如醉，流连忘返。

白云峰

"金鸡报晓"的天明山

天明山寺

鸾凤乡崇瑞村与高源村交界有一座山峰，山不算太高，两边村庄都能看到，山名叫天明山，离城约 7 千米，海拔 600 多米。此地群山叠翠，丘壑纵横，竹林遍布，绿荫幽幽，景色旖旎，自古以来都是县内一座名山。清朝版《光泽县志》有载："天明山，在十七都，岗峦峻拔，岭高三里。登其顶，岩壑开朗，田园平旷，俨然一村落，忘其为山巅也。佛殿宽敞，僧房幽幽邃，洵游览胜景。"

然而此山为何叫天明山呢？当地民众还流传着一个"金鸡报晓"的故事。

相传许久以前，这里人们没有养鸡的习惯，人们都是根据经验和习惯起床、睡觉。每天晚上睡觉，不知什么时候才是天明。有时起床会太迟，有时会太早。农人都是勤劳持家，天亮到早饭前要出去一趟做农事。民间有谚语：一早抵三工。因为早上人起来精力最好，力气也最大，做事也最有效率。可是没有钟点，也会常常误了早工，不是起得早了，天还没亮，不能做事。就是天亮了很久，还没起。

一天，当地一个农人外出买回了一只大公鸡，每天天一放亮就开始打鸣。农人听鸡叫就起床，早早出去干活儿。一个地主得知此事，心想这个穷光蛋还有只公鸡报晓，我作为地主，家大业大，却还没有一只报晓的鸡。于是就带着"狗腿子"上这农人家来，要这只公鸡。农人把这公鸡当宝贝，任怎么说也不肯给地主。地主气得一脚踢翻鸡笼，伸手要抓走这只公鸡。没想到公鸡突然扑起，伸爪向他脸抓来，一下就抓了他个"满脸花"。地主气急败坏，拿起棍子要打死这公鸡，没想到公鸡飞起来，跳过院墙，一下钻进了后山茂竹密草丛中，不见了踪影。到手的公鸡跑掉了，地主恨得咬牙，但也没办法，只好扫兴地回去了。

第二天凌晨，后山高高的山顶突然有雄鸡一声鸣叫，接着天开始亮了。地主听到后山鸡叫，知道公鸡在山里，带着"狗腿子"上山去抓，可是山上竹林茂密，公鸡钻在哪里谁也不知道。地主天天去抓，却总是抓不到。山下村里人每天到黎明前夕，就会听到雄鸡在山顶引吭高歌，声音洪亮、旷远，在山谷间回荡，引得山下很远地方的公鸡一齐和鸣，在天地间回荡，宛如一曲动听的晨曲。人们觉得很惊奇，上山去寻找公鸡却不见踪影，只是每天这个时分听到鸡叫。

之后岁岁年年，每天早上公鸡都在山顶啼鸣，接着天就亮了。当地的农民听到公鸡叫，知道天明了，就起身做事，赶做农活。人们说，那只雄鸡已化作神鸡，隐化在这山中，看不见形迹，只是日日为人们打鸣。于是，人们就把这山叫天明山。后来人们认为此山是福地，就在山顶建起了一座寺庙，起名叫天明山寺。

不信，你每天凌晨来到天明山，依然可听到山上竹林深处雄鸡鸣叫，顿时会感到乡村生活的美好。再到山下听听那当地老农讲这天明山由来的传说，会让你感到故事是那么有趣和动听。

形神相宜的鸡公山

在鸾凤乡的君山村境内东北面,有一座鸡公山,山不算高,海拔约600米,独立于乌君山前的富屯溪旁。山的形状如一只大公鸡仰头打鸣,昂然挺立,形神相宜,惟妙惟肖,很是有趣,在当地非常有名。

关于这鸡公山的来历,当地民间还广为流传着一个意味深长的故事。

相传许久以前,这里物产丰富,土地肥沃,早些年一些人觉得不必花大力气,随便劳作就有吃有穿。于是人们开始懒散起来,不事农事,游手好闲。每天早上日上三竿,还不起床。因此当地粮食年年歉收,最后田地都荒废了,他们的日子也过得一年比一年差,可是这些人仍然不思悔改,不思勤作。后来,老天爷知道了这事,皱了皱眉头:"田地荒了如何赖以为生,人不勤劳怎么过好日子!"于是他派出一只神鸡下凡,立在村东北面的一座高山上,每天早上就站在那里,一遍一遍仰头打鸣高叫,告诉人们天亮了,催促人们赶紧起床做事。神鸡这一叫,附近一带的村民都听到声音,就早早起床做农活。有的睡惯了懒觉的人,开始不肯起床,但被神鸡一遍遍地打鸣催促,吵得不耐烦,就再也睡不着了,只好也爬起身来。久而久之,这个地方的人都养成了早起做事的习惯。

可是神鸡是天上之物,不能久在凡间,要回到天上去。要是神鸡走后,这里人们又再懒散起来,那怎么办呢?于是老天爷就将神鸡站的高山点化为神鸡的模样,即为今天的鸡公山。而神鸡的声音隐化在了凡间千万只鸡的身上,每天早上第一声神鸡打鸣后,引得千万只鸡附和,此起彼伏,连续不断,也都好像从这鸡公山发出。人们听到鸡叫都还以为是原来的神鸡叫,照样开始早早起床,勤劳耕作,不敢偷懒,日子过得一天比一天好,并且形成了鸡鸣即起的好传统。这里也许是因为鸡公山的缘故,村民家中的鸡特别好养,大得特别快,也特别能生蛋。不要怎么喂,鸡会到处上地里找食物。所以人们除种地外，还养鸡卖蛋，这些都是不菲的生活收入，许多人因此而致富。鸡公山隔河对面是位于鸾凤乡十里铺村的福建圣农集团总部，围绕这里都是圣农的产业基地。当年圣农创始人开始养鸡，是否因为有这座鸡公山的缘故，有受这古老鸡公山的传说而影响，产生了来养鸡的念头？这些，人们也许都不知道。但这么多年，是否因为鸡公山的灵气，圣农的养鸡事业一直如日中天，蒸蒸日上，发展到今天这一方新天地，却是不争的事实。更有这鸡公山立于城东北面，成为当地的一个重要的旅游景点，不少人闲暇之日来这里游玩，观赏这鸡公山的美妙风光，听当地村民讲述鸡公山久远的动人传说，不外乎是一种特殊的休闲享受。

八仙相聚的会仙岩

会仙岩

会仙岩，位于鸾凤乡饶坪村的乌君山西北侧半山腰上，空立出一块巨大的岩峰，海拔约1200米。岩峰中有一大石洞，这里就是民间广为流传的"会仙岩"。洞中有供奉天帝和仙人神龛，是一个石洞窟寺。据清版《光泽县志》记载:"会仙岩,一名露华洞。在君山之右,蓊郁苍翠,丘壑自胜中有石室。深度如小屋,有石床、棋坪,为群仙会处……"其地名由来是这里岩高谷深,终年云雾缭绕,登之如入仙境,当年八仙曾聚会此处,所以称此处为"会仙岩"。

相传许久以前,有一位不知名的青年药师。他出生于采药世家,祖传医道颇为高明,为人仗义豪爽,替穷人看病从不收分文,因此深受百姓敬重。他经常上乌君山中采药,一日,他采药走到这石壁的山洞里,只见八个人,有男有女在里面喝酒、吹箫、吟诗、作画。原来是八仙归来在这里聚会。他进去又退出来,只见李铁拐背着药葫芦过来,对他招手说:"小哥,跟我来吧,那边有好药草。"他听了就快步跟上去,来到半山腰的一块大岩石面前,李铁拐伸手指着四周给他看:"喏,你看,这里药草多么?"他放眼一看,啊!周围尽是一些名贵的药草,药师高兴地想:"好啦,今后为穷人治病再也不愁没好药了。"马上就过去采,一会采满筐后,周围的药草就都不见了。李铁拐笑着对他说:"你还要草药,就再来这块岩前来见我。"说完就进洞了。

他下山后用这些名贵的药草救活了许多穷人的命。这事不久就被本地一位外号叫"活阎罗"的恶霸知道了,他硬说这山是他的,采了的名贵草药都要给他,好让他延年益寿,长命百岁。

于是恶霸带着"狗腿子"硬逼药师带他们去采草药,去见八仙。当他们走到大岩石前时,只见岩石旁边又都是名贵的药草。李铁拐在岩石洞旁招手:"来,来,来!""活阎罗"和"狗腿子"都跳上去,还没站稳,一阵狂风刮来,把"活阎罗"和"狗腿子"都刮下山去,摔死了。这青年药师也跳上去,与李铁拐携手,走进了洞中。

据说那李铁拐知道他为人诚实忠厚,乐于助人,救死扶伤,有仁有义,度他成仙了,但那块大岩石的石洞至今还留在那里。由于这里是这位药师相会八仙的地方,所以人们称它为"会仙岩"。

玉珠点缀的飞泉崖

城东鸾凤乡饶坪村的乌君山半山腰有一绝景——飞泉崖。崖高十数丈，远远望去，耀眼的瀑布如珠帘挂在石壁上，在崖底溅起了万点碎珠，霞光映照，煞是好看。

说起这飞泉崖名字的来历，当地百姓中还世世代代流传着一个美好的故事。

相传许久以前，乌君山脚下住着一位美丽善良的姑娘。她自幼父母双亡，孤身一人靠养羊过日子，她天天将羊赶上乌君山上放牧。那时山上没有水源，草木不丰茂，所以，她养的羊也饿得精瘦精瘦的。

一天，她正在山坡上放牧。只见山道上走来一位穿得破破烂烂、又瘸又拐的老乞丐，一只手拄着拐杖，另一只手拿着破碗。他走到姑娘面前，伸出破碗，可怜巴巴地哀求道："姑娘，我渴坏了，请给我一口水喝吧！"姑娘犯难了，这山附近一带没有水源，上哪儿去找？但看眼前这位老人这么可怜，想了想，便接过碗，跑到一只母羊跟前死命地挤啊挤，最后好不容易挤出了小半碗羊奶，恭恭敬敬地端到老人面前说："老大爷，只有这点羊奶，请喝吧！"老人接过羊奶的碗一饮而尽，抹了抹嘴说："姑娘，你的心太好了，老天会保佑你的！"说罢走到前面"呼"地腾起跳到崖上，用手杖轻轻地在崖顶石岩上一点，身体就化作一道青烟升天去了。那手杖点的地方却冒出大股的泉水飞流而下，腾出水花串串。羊群见了，撒欢儿跑上去饱饮着飞泉。姑娘笑了，笑得那么开心，她知道遇上仙人了。

从此，这山崖上有了水源，崖顶上的泉眼，一年四季水流不断，很快这一带水草也丰茂起来了，姑娘的羊群也滋养得又肥又壮，姑娘过上了幸福的日子。这水流到山下，受旱的庄稼复苏了，这一带从此年年五谷丰登，六畜兴旺，百姓安居乐业，后来人们把此崖叫作飞泉崖。

富有动人故事的扁担石

饶坪乌君山上有一座仙坛山，与之相隔5千米左右有一座东山。两山山腰各有一根形似半截扁担的高高石柱。石柱遥遥相对，当地人称之为扁担石。说起它的来历，民间还流传着一个有趣的故事。

相传很久以前，鸾凤乡富屯溪两岸山清水秀，芳草如茵。一日，天上几位仙女耐不住天宫的寂寞，到人间来游玩。她们被风景旖旎的富屯溪所吸引，尽情地在溪水中沐浴，在岸边的芳草地上嬉戏。

话说富屯溪里住着一条风流成性的孽龙，一见仙女个个如花似玉，顾不得什么规矩，就上前调戏。说着就对仙女们轻薄起来。仙女们又恼羞又惧怕，飞离富屯溪，在玉帝跟前哭诉……玉帝听了大怒，传旨天神率领天兵天将下界捉拿孽龙来问罪。二郎神领旨，带天兵天将直奔富屯溪而来。

孽龙见闯下了大祸，心中惊恐万分，但又不甘白白受缚，只好硬着头皮迎战。但怎敌得过二郎神和天兵天将的神勇，几个回合下来就败下阵来，仓皇逃回龙宫，任二郎神怎么叫骂也不出来。

二郎神见状无奈，忽心生一计，忙驾云回天宫向神担大师借根大扁担来。欲挑两座大山去镇龙宫，压死孽龙。因为白天怕孽龙看见而逃遁，就选在夜晚去挑。

是日半夜时分，二郎神将扁担插进两座山的山腰，正要挑走。两山的山神土地上前拦住道："二郎神君，你要把山挑往何处，让小神无安身立命之地？"二郎神叱道："我奉玉帝之命，捉拿调戏仙女的孽龙问罪。今孽龙败阵躲在龙宫不肯出来，特借神扁担来挑山镇宫，你等何敢阻拦？待天明鸡叫被孽龙知觉，我拿你等问罪！"

山神和土地公慑于天威，敢怒不敢言，只好任二郎神挑山。忽然土地公记起二郎神说过的话，心生一计，朝山神耳语几句，山神听罢顿时眉开眼笑。于是土地公与山神分头"喔，喔，喔"地学公鸡叫起来。

二郎神挑山快到富屯溪，忽闻鸡声大作，以为天快亮了，心一慌，身一抖，"咔嚓"一声，肩上的扁担断作了两截。两座大山落在乌君山一带，遂成了现在的仙坛山和东山。二郎神见挑不成，也顾不得去拔那两截扁担，就叹了一口气回天宫复命去了。

后来他奉旨去寻东海龙王，把孽龙捉拿到天庭问罪。但当年挑山断掉的两截扁担却留在那两座山上，为此在鸾凤当地有了这个神奇的民间传说。

水中笔架石

笔架石遗址

在绕城而过的西溪东段文昌村境内，河水中过去屹立一块大礁石，形状宛若一个笔架，当地人就叫它笔架石。清版《光泽县志》"城池之图"中标有这"笔架石"的位置，并有记载："笔架石，城北光化门对岸，高丈余，长数仞，三峰参列，斜偃杭溪。"

光泽是个千年古县，自宋以来便是著名的理学之邦，文化积淀深厚，历代出过不少文人名士，为山城小县增光。过去县城文昌村所在地为彰扬出类拔萃人士所立的牌坊林立，著名的有"探花坊""七贤坊""登云坊""鼎魁坊"等，然而民间传说文人成名都与西溪中的这块笔架石有关。

说起这块笔架石，要先说宋朝鸾凤乌洲一位叫李方子的儒士。李方子，字公晦，生于宋乾道五年（1169），卒于宋宝庆元年（1225）。自幼立志，苦读不辍，满腹经纶。长大后师从理学大师朱熹。在朱熹门下多年，学问不断见长，文章更是日益精进。他屡往科场，可是命运不济，一次次赴考，一次次落榜。一直到47岁那年，他又准备去赴考，临行前的晚上他突然梦见天上文曲星对他说："今科你必高中，一举成名！"醒来后他虽然对梦境荒诞之言半信半疑，但也坚信自己苦学半世，熟读经书，应该会"皇天不负有心人"吧！

第二天他坐船离城赴考时，想起昨晚文曲星的托梦。一时踌躇满志，意气风发，将书箱中一个使用了多年的石头笔架扔入西溪河中，对沿岸来送行的亲友发誓说："我此科如不中，从此不再读书！"就开船而走。果然考试顺利，会试殿试才压群芳，一举成名。原本被考官定为榜首状元，有人提出此卷的观点不合时宜，所以屈就探花，马上被授官职。为官多年后，他因受政治迫害，被罢官还乡。在城南云岩山创建了云岩书屋，招收学生，讲学授课。书屋后来改为云岩书院，从宋至元明清一直都是县内学子的读书场所，是远近闻名的理学圣地，为光泽培养了一代代学子。云岩书院日夜书声琅琅，灯火不息，成为当地一胜景。元朝著名的诗人黄镇成曾为此作下《云岩书灯》一诗："曾伴先生共夜阑，时留余焰在云端。自此折桂蟾宫去，剩馥残膏几岁寒。"

而后许多年过去，李方子扔笔架的西溪河位置奇怪地现出一块大巨石，形状有如笔架，水流蜿蜒环抱，绕石而过。笔架石高出水面约2米，宽约 3 米，厚约 1.5 米。岩石赭黑，顶端凸凹有致，可谓惟妙惟肖。使人一下就联想到那则传说，感觉是那么形象和吻合。过去当地学子外出求学考试，船经过此石时都要祭祀一番，保佑学途顺利。

有人说因为这块笔架石，所以这里文脉不断，代代都出人才。笔架石也成为西溪河东段文昌村境内的一处胜景，当地人在观赏此石的同时，会讲述当年李探花苦读求学的故事，来教育子孙，激发学子勤学不辍。外地人来，当地人也会有声有色地介绍这笔架石的故事，骄傲之情，溢于言表。

"闽江源头"富屯溪

富屯溪

光泽县境内有三条主干溪，北溪、西溪、富屯溪，古时统称大溪，都流经鸾凤地界。据《光泽县志》记载，北溪从司前大岐山流到城东500 米处，与西溪在鸾凤乡境内的交溪口回龙潭汇合，而成为富屯溪的源头，从这里流向东面，出境而去。境内沿途接鸾凤的坪溪、杨梅坑溪等。从鸾凤回龙潭到和顺这一段,富屯溪在境内河长 13.9 千米,流域面积 128.19 平方千米,总落差 17 米,平均比降 1.38%,平均流量 87.95 米。富屯溪出境向东南,流过邵武到顺昌富屯,到来舟与建溪、沙溪等汇合后流向闽江。成为"福建母亲河"闽江三大支流源头之一。

关于富屯溪地名由来有种说法,是说溪水流到顺昌时有富屯地名,所以整段溪都叫富屯溪。而光泽鸾凤当地却另有传说。

很早以前,闽北一带无河。遇到旱年,百里赤焦,土地龟裂,粮食颗粒无收,人饿死不少。许多人背井离乡,过着颠沛流离的生活。

当时在鸾凤乡十里铺的地方,有两兄弟,父母在旱年中饿死,只留下他们哥俩相依为命。哥哥叫阿富,弟弟叫阿屯。两人二十出头,身强力壮,血气方刚。一年又是大旱,许多人又饿死,他们目睹家乡如此惨景,心里很难过。一天他们商议了一下,发誓要为乡亲们找出水来,让大家都过上好日子,否则兄弟誓不再见。说完就各提着一把锄头,一人朝西一人朝北,分手各自找水源去了。

哥哥阿富来到县西面与邵武金坑交界处。这一带山上树木葱郁,水草丰茂。他十分欣喜,他知道山里一定有水,就选了一个湿润的地方开始挥锄使劲地往下挖。手挖破了,腰累得直不起来,还不肯停下来。饿了,吃几个野果;渴了,喝几口泥水;困了,草地上睡一会。终于有一天,他挖到了水源,大股的泉水"哗哗"地冒出来,亮晶晶地汇成了一个水潭,接着汇成小溪向山下流去,通过本境贯庄村的埠头向东流。看着欢快流淌的水流,阿富笑了,但突然口吐鲜血累倒在地上,就再也没能起来。

弟弟阿屯走到县北面的大岐山上发现一口枯泉眼,他想,这里过去一定是水源的所在地,现在却干枯了。在枯泉旁他坐了许久,就开始挥着锄挖下去。挖来挖去,一直没有水,他很不甘心,还是在挖。突然不慎一锄挖到脚面上,顿时血涌出来,流在地上,流到坑底。说也奇怪,泉底见血马上就喷出白花花的泉水来,呼叫着向山下流去。阿屯却流尽了血,倒在泉眼旁。

这西、北两条溪带着阿富、阿屯的血流下山来，横贯了光泽大地。使境内草木复活，庄稼得救，两条溪在鸾凤的回龙潭里汇合，欢快地流向闽北其他地方，去解救那里的旱民。两兄弟的诺言实现了，人们不忘他们为民找水的功绩，把两兄弟抬回安葬在回龙潭旁边的山上，并从这里起以他们兄弟的名字把这条溪叫作富屯溪。富屯溪从古流到今，满载着鸾凤发展的大船，点缀着当地水美的风光，日夜奔流不息。

富有想象的回龙潭

回龙潭位于城东的鸾凤文昌村境内西溪北溪交汇处，南面有九龙峰，东北面是乌君山。水流在这里交汇，形成一个巨大的回流潭，成为富屯溪的源头而向东面流去。当地人把这潭叫作回龙潭，为何叫回龙潭呢？主要是来源一个民间传说。

古时候，鸾凤的富屯溪里住着东海老龙王的小儿子，这小龙心地善良，爱怜百姓，所以这里年年风调雨顺，五谷丰登。百姓忙时耕耘，闲时渔猎，日子过得很好。大家感激这条小龙，家家户户都供有小龙的塑像，一年四季香火不断。

东海老龙王的三儿子，生性凶顽，嫉妒心重。有一年，它来到富屯溪弟弟这里做客，见这一方百姓这样敬重弟弟，又恼又妒。回到龙宫后，马上向父亲老龙王奏了一本，说小龙在富屯溪收买民心，任意让百姓捕杀水族。老龙王大怒，传旨小龙即时到龙宫听罪。

小龙接旨，心知遭到谗言诬陷，只好收拾启程。两岸百姓得知小龙要走，扶老携幼痛哭挽留，小龙不忍离去。来回在水中打转、徘徊……许久，才拭泪而去。小龙回到龙宫后，立即被老龙拘禁起来，再也没有回到富屯溪这个地方来。

回龙潭地处东关出县城的地方，古时这里外伸10多里就与邵武交界。

这里是小龙徘徊回转的地方，成了两溪汇聚的一个巨大深水潭，人们纪念小龙的恩德，就取名叫回龙潭。自从有了这回龙潭，当地自古流下一句魔咒："有了回龙潭，当地人才出不去，出去了也要回来！"寄寓着人们不让品德好的小龙出去，也希望它能再回来的愿望。现在解读是当地人品性高尚，吃苦耐劳，拼搏进取，不怕困难，发挥才干，出去却很难发挥作用，都会回来。而现在却不一样，出去的也一样是人才，在外都会发挥作用。

坪溪的来历

坪溪山岭

在乌君山背后与邵武交界处，有一个叫坪溪的地方。这里高山之背，地方平坦，周围过去散布着很多个自然村，其中以坪溪村最为有名。一条宽大的溪水从远远的诸母岗中流出，流向富屯溪。流域面积达77.9平方千米，流长20.58千米，平均流量3.29立方米每秒。

相传很久以前，这里虽然地域偏远，但人们的生活都很好，就是没有水，偌大的地方一条溪河都没有。人们生活和种田只靠山边水窝里一点积水，碰到旱年就没有水灌溉，没有收成。一年大旱，连续三个月没有下一滴雨，田地都干成寸把宽的口子，眼看当年的庄稼无收。人们到处挖泉寻找水源，可是累死很多人，还是没有挖到。

那天，艳阳高照，暑气逼人，坪溪这里来了一个乞丐老人，拄着一根竹拐杖，手拿着一个破碗，向人们讨水喝。只见老人白发胡须飘飘，一脸皱纹，嘴唇干裂，可怜巴巴地说："天热死了，发发慈悲，给口水喝吧！"望着老人可怜的样子，许多人都很同情，可是家家都只有泉眼滴下的一点够煮饭的水，但还是有许多人把水端过来，让老人喝。老人见了叹道："真是好心的人啊，你们一定会有好报的！"说完也不客气，喝了这人的，又喝那人的，把人们端来的水都喝完了。老人大笑一声说："这么好的地方，怎么会没有水，你看，那前面不是有水来了吗？！"只见老人把竹拐杖朝前一扔，竹拐杖远远地向前伸向诸母岗，立马化作一条潺潺的小溪向这里村庄流来，"哗哗"的水声翻着白浪，流过家门口，流过田地，稻苗开始返青了。人们大声欢呼起来，并相互招呼，拿来器物装水，有的直接伏在水边大喝起来。

等人们回过神来，要向乞丐老人道谢时，不知什么时候老人不见了。这时，人们才知道，老人是天上的神仙，下来试试人心善恶，化杖为溪来拯救众生。于是全部的人都跪在地上，焚香烧纸，向天叩拜。

从此以后，这地方水流丰沛，草木蓊郁，年年五谷丰登，六畜兴旺，集聚了很多人家。就有了寮头、红寮、竹子园、丁家山、傅家亭、碎米石等自然村。因为这地方空坪广阔，又有这条溪流，化作很多支流，长流不断，造福众人。人们宜居宜业，过着幸福的日子，于是就把这条溪起名叫坪溪，这个地方也就叫坪溪了。后来，这里建农场，以坪溪为名。现在农场迁建在外面寮头，但也以坪溪为这个地方的总名。于是人们为了区分，真正坪溪的地方叫小坪溪，整个农场范围的地方叫大坪溪。2019年这里设立了坪溪社区。

▍神奇的山水人文

神话传说的石岐溪

石岐茶果场部

西溪水流到鸾凤乡石岐茶果场这一段时，岸边山峰绵延，河中水底礁石丛立，河水湍急，阻碍了上下船只的航行。

这里南岸是现在的大陂村，北岸是现在的石岐村（茶果场）。从江西到止马、李坊的船只都要从这里上下往返，早年间这一带风平浪静，水道畅通，可是不知何时，船一到这里，水底礁石挡住，人和货就要下来，让船空着拖上拖下。过了这礁石丛立的一段，货和人才能重新上船航行，搞得行船人叫苦连天，但又无可奈何。

后来人们发现原来是水中的孽龙作祟而致。这是东海龙王的第九个儿子，因为老龙王要它到小河小溪中去历练，所以被派到这西溪来。它见这一段水面开阔，风景秀丽，于是就在这里安定下来。一段时间过去，它见这里上下船只和人多，就想作怪，来作乐取欢。就在河中化作大礁石，阻碍船航行。看到人们卸货满头大汗，拉纤累得半死不活，就感到很高兴。人们也没办法，因为西溪到这一段水路崎岖难行，所以把这段叫作石歧溪，后又把"歧"字简写成"岐"。

这件事慢慢传到天上，玉皇大帝大怒，命东海龙王前来拘走此龙子。可是这孽子知道回去必要受父王的责惩，连忙跳上岸想逃走，没想到被前来的督战的除恶大仙见着，用手中的降妖杖一指："住着！"孽龙一动不能动地立在岸边，千万年过去，成了这里的山峰。每天它看着来往的船只上下通畅，只有气得干着急的份了。

从此，石岐溪这一带水路畅通，风平浪静，船只上下来往无碍。只留下石岐溪这个地名和故事，人们来往看到龙峰，和眼前的石岐溪，都会讲起这个地名的故事。

北沟"叠水瀑"

鸾凤乡饶坪村的北沟，林草茂密，风景秀丽。有一处瀑布，水瀑连着几层而下，当地人称之为"叠水瀑"。

关于这"叠水瀑"，当地有一个传说。

说是很久以前，北沟中的一只青蛙经过千年修行成精了。它有了道行，不思好好修炼，反而是利用道术祸害当地民众。把民众养的牲畜吃掉，把庄稼毁掉，动不动还发洪水淹掉这里，搞得这一带民不聊生，苦不堪言。于是民众日日祷告天庭，要求除去这妖孽。

一日，玉皇大帝闻知下界祷告，心里很恼怒，派下除恶大仙来查。那天，大仙到北沟，正看到青蛙精在高高的山坡上作恶，口里吐水，鼓动着旁边溪水飞流咆哮而下，淹掉下面沿途田地成熟的稻子和房子，看着民众在洪水中挣扎，自己站在那里哈哈大笑。大仙大怒，上前喝道："你这下界的小小妖孽，竟敢如此作恶，我非要惩治你一下不可！"于是口中念了几句咒语，把手中的降妖杖向青蛙精一指，把它压在山坡上，一动也不能动。大仙镇住这青蛙精，就上天复命去了。

那只青蛙精被压在这里，多年以来尘铺土盖成了一处高崖。但它不死心，身子一直在里面挣扎，把山崖鼓成了几道叠层。口中也不时吸出旁边的溪水，吐出成瀑，鼓噪而下，成了今天北沟著名的叠水瀑景观。

大水坑的"跌水涧"

鸾凤文昌村和武林村南面交界的九龙峰脚下，有一个叫大水坑的地方。这是一条宽宽长长的山垅，山清水秀，田地平整，靠山边丛林密布中有一处飞瀑而下，四时不歇，在下面形成一个水涧，当地人称"跌水涧"。从涧中流出一条小溪，流向原来西关后街水沟，穿全城下东关流入西溪。

关于这"跌水涧"的来历，老人们流传下来一个故事。

相传很久以前，一年天下大旱，禾苗栽下后数月没有下雨，禾苗都快干死了，土地干裂成老大的口子。旁边西溪的水也快干涸见底，想开渠引水也都没办法。农人们见此心如刀割，个个仰首向天叫道："旱了这么长时间不下雨，这是老天不让我们活啊！但愿那大慈大悲的观世音菩萨，听到会来救我们！"

下界民众的怨声直冲天界。那天，观音菩萨从南海到天界灵霄殿，正好听见。于是她来不及进殿，就按下云头到了九龙峰这里，走到高坡上，只见下面山垅田地干裂，禾苗枯黄不长，看样子民众所怨不虚。她当时救民心切，心里一急，脚向前趔趄，跨了一个空。手中的净瓶中洒出了一滴，顺山体成瀑流落下去，在下面成了一个涧潭，水流漫过去，马上田地湿润，禾苗返青。农人见状排排跪倒，向半天上的南海观音菩萨礼拜。观音微微颔首回礼，就驾云回天上去了。

从此以来，这涧水四时不涸，长流不尽，保证了这一方田地灌溉，民众过上了好生活。由于这涧是观音娘娘跌一下洒出的甘霖而形成，所以人们就把这涧叫"跌水涧"。

民众推名的仙华洲

北面城郊鸾凤的一个地方叫仙华洲,这里地方开阔,风光秀丽,九墩山立于旁,北溪从旁边潺潺而过,形成一片巨大的沙洲地。然而为什么叫仙华洲呢?这在当地还流传着一个故事。

仙华洲北面仙子岗下面北溪西岸,千万年的洪水冲刷,形成了一片很大的沙洲。沙洲中间一条大路,光泽城往北路一带乡村,北路乡村往城里和西路都要经过这里。砂坪溪从西往这路中横穿过,流入北溪,将路一分为二。这条溪平时就有七八米宽,洪水时都在十几二十米宽。人们开始在上面搭木桥而过,可是木桥不安全,一发洪水就被冲走。人们枯水季节可以涉水而过,洪水时就没办法过了。只好叫船和排过渡,非常不方便。

那年,明朝县令钟华到任。他上任之初,下乡体察民情,走访民苦,经过这里却无桥可过。他向当地人了解了情况,不禁皱起眉头。光泽地僻人穷,县库多年没有银子,官饷都发不出。当地赋税一直又重,民众很贫苦。可是不建桥人们行走不方便,要建又无钱可用,怎么办?于是,他拿自己多年的薪俸来建桥。当地的富户见县令捐款建桥,也不敢吝惜,个个掏出钱来资助,很快就凑够了建桥的经费。钟华叫来石匠,安排设计,动人开建。当地民众很感动,纷纷前来出工出力。

钟华县令亲自督工,工匠日夜赶建,采集最好的花岗岩石头建造,工期不到 3 年,就建起了一座长 15 米,宽 2 米的 2 孔石拱桥,从而解决了北路民众来往的交通问题。人们为了纪念钟华县令捐俸建桥的事迹,根据这仙子岗下大沙洲的地形,众人给这桥取名叫"仙华桥",刻在桥杆上。而这一片大沙洲也从此被叫作"仙华洲"了。

满滩是金的乌金洲

北溪鸾凤乡坪山村前面的河滩,原来是一大片褐色鹅卵石的大沙洲,日出时金光照在沙洲上,泛起一片乌色的金光闪亮,所以当地人叫作乌金洲。

关于乌金洲的来历,当地民间过去还流传着一个故事。

光泽北宋初期建县,一段时间民间把这里叫作乌纱县,说是天地黑蒙蒙的,没有一点亮光,形容来这里上任的县令等贪官污吏盘剥百姓,让人们看不到一点希望光芒。后来铁面无私的清官包拯,私访到光泽,在坊间听说了这件事,查处了这些贪官污吏,这里从此叫"光泽"。走时他托梦给当地百姓一句话:"北溪岸沙滩上到处是乌亮的黄金,只要勤劳就能拣到,就能过上好日子!"

于是很多的人老早天还未亮就到北溪沙滩上拣金子,天色黑蒙蒙的,水映着滩上的鹅卵石在夜色中闪着乌黑的光,像一片片乌金闪亮。"这就是黄金吗?"人们欣喜若狂,扑上去拣起一块块抱在胸前,心里做着明天过好日子的美梦。可是天慢慢亮了,夜色渐渐散去,人们却发现胸前抱的只是一堆河水冲洗无数年月的乌黑鹅卵石,脚下满滩也都是乌黑的砂石,哪里有黄金呢?人们希望破灭了,很扫兴地回去,纷纷埋怨包公乱说来欺骗百姓。

过了很多年,沙洲上洪水冲来许多淤泥,太阳晒干后是很肥沃的泥土。人们开垦成田地和菜地,种上粮食和蔬菜,年年丰收,生活从此自给自足,衣食无忧。这时人们才突然醒悟:"这不是乌金吗,谁得到了谁就过上好日子,包公是不欺百姓的。是要人们在这片沙滩上劳作,通过自己的勤劳,挣取生活所需,才能过上美满的幸福生活!"

人们年年在洲上种粮种菜,靠这些粮菜过日子,并顺口把这里叫作"乌金洲"。这个故事也世世代代地流传了下来,给人们深刻的启迪。

传说中的日月洲

在鸾凤大陂村良种场东面有一块沙洲，叫日洲，又叫日沙洲。西面有一块沙洲叫月洲，又叫月娘洲，当地人把这两个洲叫作日月洲。二处漠漠的沙洲，诸峰旁列，水绕如带，风景独好。站在白云峰上看，西溪水环绕，把日沙洲形状绕成圆圆如日，日出时整个沙洲泛着金光。把月娘洲环绕成弯弯如月，水映沙洲如月白亮。特别是有月的夜晚，这个沙洲分外明亮。

关于这日月洲的来历，当地民间都有流传的故事。

日洲的来历与中国古代神话传说中的相似。说是远古的时候，天上有10个太阳，天气炎热，草木枯焦，土地干旱，粮食没有收成，人没有办法生活。

这时有个后羿的人，他武艺高强，弓法出众。他看到人们受多个日头暴晒之苦，下决心为民献身。于是一天清晨，他站在高高的山上，等一个个日头出来时，一下就把它们射落下来，日头着地光芒一下就熄灭了，化成一个个小山峰。从此以后，天上只有一个日头，老老实实，一年四季按部就班，为大自然和人类提供应有的日光，让草木繁茂，万物生长，让人们从此过上幸福安逸的生活，为人类所尊重。

当时，有一个日头落在大陂日沙洲西溪这里，开始是一座小山峰。经过千万年西溪河水年年冲击和洪水暴涨袭击，小山峰最终被冲成一片沙洲，就成了今天当地这日沙洲。但它的余光不尽，在这洲上的沙石上泛光闪亮，而成了今天的日洲。

而月洲的来历，说是很久以前，大陂村有一位农家姑娘，年方二八，婀娜娉婷，面如满月，貌似天仙，人们都叫她月娘。月娘不但人长得美丽，而且聪明伶俐，能歌善舞。她的歌声能使白云遏止，泉水停流。她刺绣的小鸟能飞,动物能跑。更有她一张巧嘴能在旱时叫天下雨,涝时叫地排洪。因此这里年年风调雨顺,五谷丰登,人们的日子如甘蔗出土节节甜。

在附近的一个地方,有个土霸王赵山虎。他贪婪残暴,凶恶无比,仗着妹妹嫁给县官得势,更加为所欲为,横行乡里,抢男霸女,害得多少人家破人亡。他嫉妒大陂人过的富裕日子,觊觎月娘的芳容和本领,心想:"若能把月娘娶来为妾,我就什么也不用愁了,日子就会过得像天堂一样美!"于是他派管家提着礼物正儿八经地上门提亲,不料被月娘一口回绝,还换了当地人的一顿训斥,灰溜溜地回来了。

赵山虎在家听了管家的一顿诉说,恼羞成怒,连夜进城到县衙向妹夫县官告了一状,说大陂村有妖女出没,蛊惑人心,扰乱乡间,若不早除,贻祸及邻。昏县官听了大舅子的一番话,不辨青红皂白,就带领衙役、捕快到大陂去捉人。一进村,捕快就一拥而上,用绳把月娘缚住,洒上猪血、狗血防她使法,要押到县城去斩首示众。乡亲们闹啊,抢啊,都不能从凶恶的捕快手中将月娘夺回,只好哭着喊着跟在后面。走出村不远的一处沙洲,月娘停住转过身向大家挥手喊道:"乡亲们多保重,月娘去了!"倏地只见一团白气向天空升去,月娘不见了,大家一阵惊讶。接着又是一阵大旋风卷来把昏县官和赵山虎及一班衙役、捕快全部卷到了河中……

这时,天空中月亮大放光明,把沙洲照得一片银白,人们都说月娘是天上月亮娘娘的化身,下界来普度众生造福人间的。因此人们连忙向天朝拜,祷祝月娘常在,让人们幸福美满。从那以后,每当有月的夜晚这沙洲就格外明亮。人们就把这洲叫月洲或月娘洲了,这个动人的故事也世世代代地流传下来。

当今天,你来到大陂的日洲和月洲,特别是清晨看日洲,夜晚看月洲,都会感到那么的形象。再听老人讲日月洲的故事,更是有趣无比。

丰富的村落历史

油溪本来叫油榨

油溪村部

鸾凤乡油溪村地形像鲤鱼，是傅姓人集中的地方。过去这里叫油榨，现在叫油溪。

关于油溪地名的来历，当地民间有好几种说法，有说原先姓游的人在这里居住，所以取谐音叫油溪。还有一个传说故事，流传最广。

说是很久以前，有一支姓傅的三兄弟到处逃荒。一天晚上，梦到祖父说："你们东漂西泊也不是个定局，傅家子孙是鲤鱼命，你们要去光泽找一个鲤鱼形状有水的地方，这才是你们的安身之处！"三兄弟醒来，觉得奇怪，心想：祖宗的话不会错。就立即动身，日行夜赶来到光泽。

可是他们在光泽到处找来找去，找不到鲤鱼形状的地方。一天，他们来到现在油溪的地方，走得又累又饿，就在山坡上坐下休息，没想到一会儿两个哥哥睡着了。可是还没醒时，就听见三弟大叫："哥哥，哥哥，你们看，这里就是鲤鱼形，又是有溪水的地方！"两位哥哥跳起一看，果然这里沿溪就是鲤鱼形状，周围有山有水，中间平地宽敞，是个宜居的好地方。"肯定就是这里，就在这里安家吧！"于是三兄弟在临溪的地方建房开田，在房前屋后种下很多茶籽树，饲养家畜，娶亲生子，很快家族就发达起来了。

多少年过去，一天，两个弟弟晚上又梦到祖宗托梦："树大分枝，兄弟多了要分家。老二你要迁到一个叫汉溪的地方，老三你要迁到一个叫黄坑的地方，那里也会让你们像这里一样发达！"两个弟弟醒来，马上告诉哥哥。哥哥骨肉情深，不愿他们走，但又不能违背祖宗的意思。只好同意，再三嘱咐："如那边不好，就回到这里来！"并将家产折成银子，让他们两家带足上路走了。

二弟到光泽崇仁的汉溪村安家，这里也靠溪，有山有水，地方富庶，家族很快也发达起来了。三弟去了建阳黄坑安身，那里也是临溪的地方，也一样很快地发起家来。

油溪这边的老大一家，因为田中粮食年年丰收，山上的茶籽树都大了，成片成林，不但自己生活食油有保证，还靠茶籽油致富。在溪水边建起水砌房，安上了油榨辗盘，日日榨油卖，日子过得很富足，从此人们就把这里叫作油榨。因为这里临溪榨油，人们又把这里叫作油溪了。

富裕起来的老大，经常会去看两个弟弟在汉溪和黄坑过得怎样，用榨油的钱救济他们的生活，后来老人就交代子孙去看。直到现在，傅姓人到汉溪或黄坑，不管认识不认识，只要说是油溪傅家，还有个暗语是：报出油溪廊桥上几根柱子。就知真是傅姓人到了，马上就有人接待。要吃有吃，要住有住，要路费有路费。

到今天，这三个地方的傅姓还互相有来往，都知道是一家。清明在一起吃，家谱也在一起修，他们的祖家在油榨油溪这里。油溪后来也成了行政村名。

饶坪最早叫曹家坪

饶坪村部

鸾凤乡饶坪村原叫曹家坪，后改叫饶家坪，现在又叫饶坪。为何这名字有这些变化呢？当地还有一个传说故事。

说是饶姓祖先原是在江西余干当兵，守火药大炮。那天晚上吃坏了东西，半夜肚子痛，起来大便。蹲在大炮旁边顺便掏出烟斗抽烟，抽完一斗后用烟斗在炮眼上敲灰，没想到火星引出火来让炮弹"轰"地一声发射了出去。恰好，敌军趁夜色正好摸过来偷袭。炮弹无意中打到了敌人中间，一下子把偷袭的敌人消灭了许多，剩下的被守军发现，吓得掉头就跑了。于是长官大喜，要奖励他钱和官，可他说都不要。那长官问他那要什么，他只说要"闲"。因为方言，官长没听清楚，以为要"田"。就指着地图上东边不远现在的油溪饶坪这里，说正值栽禾之际，没有栽禾的田都赏给你。饶姓祖先是种田人，听说赏田给他，心里很高兴，马上接受下来。于是饶姓祖先就来油溪饶坪，他发现这个地方不错。前面

丰富的村落历史

高大的乌君山风光秀美，下面一大片平地，田地平坦，草木丛生。旁边小河流水潺潺，清澈无比，是个安居乐业的好地方。姓饶的祖先不打算再走了。而且一下拥有这么多田，油溪那边一块田苗插了一半，也归了他。他在这里这里安家，娶妻生子，繁衍后代。饶家人勤劳肯干，起早摸黑，创家立业，很快就在这里站住了脚。随着子孙繁衍越来越多，家族越来越旺，很快这里就成了一片人居的地方。

一天，他在一个叫猪肝石的山坡，碰到长工带饭，天很冷，饭却是热的，他觉得奇怪，问风水先生，对方说这里是龙气呵暖的风水宝地。后来饶姓祖先要死时嘱咐将他葬在这里，长工是个忠仆，死后饶氏人也让葬在祖先的脚下，饶姓人从此在这里更加发达。过去饶坪人姓曹，叫曹家坪。饶姓发达后，曹姓人势单力孤就走了，人们把这里从此改叫饶家坪、饶坪，后来也成为行政村名。

高源又叫七里庙

高源村部

"讲古"声声话鸾凤

城西的鸾凤高源村，原名叫丁家，又叫高源和七里庙。然而为何现在叫高源呢？说起来民间还流传着一个故事。

这里是县城往西路去资溪的主要通道，过去的老路是古道，从岭头、高源、黄源岭，翻过山去华桥到江西资溪。相传很早以前，沿路住有不少人家。高源这里是个集中的村落，主要姓氏是丁家。当年一位姓丁的年轻人因与家人不合，从家中出走，从北面翻山来到高源这个地方。在这里开荒种田，盖房建家，安顿下来。丁家生活在这里，什么都好，就是没有水，没有一条溪河。吃水和浇田都靠后山的一点泉水，以及雨水。人少还好，到后来人多了，吃水就更成了问题。一年灾荒年间，这里一连三个月没有下雨，泉眼溪道都成了干地，田地都裂开半尺宽的口子。人们到处找不到水源，吃水都要到很远的大河去挑。往这里经过的人，想喝点水都难喝到。民众无法，只有每天祈求老天降水，救救这里的黎民百姓。

也许是诚心感动了上苍。那天，村里来了一位长着白胡子的老人，他拄着龙头拐杖，满面红光，白发苍苍，他见村中干旱景象，叹了口气，见民众大热天，集中在西头，齐齐跪在地上祈祷求雨，也许于心不忍，或是为民众的诚意感动。就过去对大家说："你们不用祈求啦！那高山流下来的不是水吗？"说完，手提起拐杖微微地向前面高高的黄源岭一指，顿时，只见山顶上一股泉水冒出，翻动着雪白的浪花，欢快地飞流而下。流过一路荒野，流过片片田地，流过了村庄，流在了家家户户的门口，人们高兴地站起来大声欢笑。可是一转身，人们发现老人不知何时就不见了。当时有人猜测这是观音或是哪位仙家化作老人，下来为人们点出甘泉，造福民众。

这是高山之源流下的溪水，成了今天取之不尽，用之不竭的高源溪。浇灌着这里沿途一大片的田地，养育着这里世代的人们。过去，因为这里是来往江西资溪的必经之路，从城西往华桥或资溪日日有人和独轮车从这里经过，行人过往都会在农家门口歇歇脚，当地人会端上茶水让你

> 丰富的村落历史

解渴。为了感激上天的垂怜，人们就在村口建起了一座庙，供奉着观音等菩萨塑像，一年四季香火不断。从这里到城边约7里路，于是就把庙所在地起名叫作七里庙。

七里庙在20世纪60年代由于一些客观因素，人们以过去另有的名字，以及流下的溪水是高山的泉源，还是把这里叫作高源，后来也成为行政村名。七里庙的名字流传了很久，现在老一辈的人提起高源都还是称七里庙。过去很长一段时间，人们说到高源这个名字，知道的人少，而说起七里庙，却基本人人知道。

"上屯"没有"下屯"

上屯村部

鸾凤有一个村庄，叫上屯村。然而当地人都不称上屯，而叫"上顿"村。这是为何呢？当地有传说，说是因为村子当年被"金口"罗天秀才咒过了，所以贫穷得只有上顿吃的没有下顿吃的，留下这个村名。

民间流传罗天秀才是"圣旨口，乞丐身"，金口一开，出口成谶，抑恶扬善，百灵百验。说起罗天秀才为何会诅咒上屯村，这其中还有一段故事。

相传很久很久以前的一天，临近中午，乞丐样貌的罗天秀才云游闽赣边境来到上屯这个地方，又累又饿，就走到一位财主人家中。这位财主一向贪财刻薄，吝啬成性。当时正在吃饭，见穿得破烂的罗天秀才进家来乞讨，就斥道："出去，出去！我们这地方穷，一天才吃两顿饭，这时才吃上顿饭，哪有饭给你吃，你到别处讨吧！"罗天秀才求他说："我肚子饿得不行，你分一点给我吃吧！""不行，不行，给你吃了，我就没有的吃。你赶紧走，不然我就叫狗咬你！"罗天秀才气得没办法，心想，你这么心恶，不给我吃，还要叫狗咬我。于是就诅咒道："好，好，你们没有得吃，那你们这里就天天吃了上顿没有下顿吧！"

罗天秀才出口应验，就成了事实。从那以后，这个地方更穷了，种地粮食锐减一半，人们每年打下的粮食只够吃半年，常常是吃了上顿没有下顿，日子过得紧巴巴的，所以后来人们就顺口把上屯村这里叫作上顿村了。大家都一直抱怨那个吝色财主，一饭不舍而且乱说话得罪了罗天秀才，才造成了这样不可挽回的事实，让村子穷下去。

然而这只是故事传说，真实的原因是上屯这里位于城郊，山上资源少，又地处河滩，田地砂土多，过去粮食产量一直很低，所以地方贫穷。而后来土地改良，粮食丰收，人们搞多种经营，家家都早已过上了好日子，于是就把上顿的"顿"字去掉一边，名字改做上屯村。但过去千百年留下来的名字，虽然现在名不副实，但上屯名字还是没有人叫，人们还是习惯叫作"上顿村"。另有故事版本是说上屯的"屯"是村的意思，可是字不好念，过去读书的人不多，乡下人认不来，所以顺口念成"顿"字，以讹传讹。又有说过去上屯这里是北路水运的中转站，岸上高处长年囤积着南来北往运送的货物，所以叫上囤。囤字笔画多民众为简化，就叫上屯，后来也成为行政村名。不管这些故事真实与否，都只是民间的趣闻笑话，不然如何会有这些故事流传下来。

境东有个十里铺

十里铺村部

鸾凤十里铺村地处城东，是古时官府驿铺和军事塘讯所在地。因为离城十里，所以称十里铺。可是就因为包括十里铺在内的几个普通的地方名字，当年还闹出过一段趣事。

相传明朝年间，有一位皇帝整天被一班佞臣包围，花天酒地，游山玩水，不理朝政，更不关心百姓死活。一日，皇帝又问："哪还有好玩的地方？"佞臣们见金口开问，忙扳起手指算来算去：苏杭、庐山、黄山、泰山、武夷山……到处都玩厌了，的确没有什么好玩的地方。于是个个紧皱眉头，抓耳挠腮，就是想不出来。皇帝大怒，骂道："你们这班蠢物，天下之大，连个好去处都想不出，要你们何用！"那些佞臣慌了，忽然，一个佞臣记起闽北光泽县有几个地名不错，猜想景色不会差。于是在心里暗暗嘀咕了一阵，就上前奏道："禀报皇上，闽北光泽县景色天下闻名，有仙子长住的山岗，乌金遍地的大州，金银垒成的大山，百花常开的楼台。

还有五里长的亭子，七里长的庙宇，九里长的大桥，十里长的店铺……这些地方闻名遐迩，景色壮观，应是天下无双，大可一往！"皇帝一听大喜："朕还未见过这样的好去处！"就马上起驾，带领一班佞臣，浩浩荡荡来光泽游玩。

可是行了千山万水，好不容易来到这里一看，却是一个地僻人穷的荒芜之地。那仙子岗只是一个朝夕有雾的树草乱长的山岗；乌金洲只是富屯溪旁的一个大砂石洲；金银山只是一个崇仁一个叫金陵（本地谐音银）的黄土山；百花台只是华桥铁关一个野花丛生的土山平台；五里亭只是一个离城五里的破亭子；七里庙只是城西七里地的一个破庙；九里桥只是止马所在地的一座桥名；十里铺只是城东一个村庄的名字。这些地方只是名字好听，而没有什么好景色和好玩好乐的。万水千山，一路鞍马劳顿来看这样几个太普通太一般的地方，皇帝觉得受了捉弄，一怒之下，当场把这些佞臣个个拿下砍了头，怒气冲冲地转驾回京城去了。

由于这段趣闻，就使十里铺这几个地方出了名。十里铺后来有很多人家居住，也成为行政村名。茶余饭后，当地的老人们爱在大樟树下摆龙门阵，都要说起这个故事。

岭崇村古建筑

大羊因羊而名

大羊村部

城西南鸾凤乡大羊村的大羊自然村，四面环山，一条小路通进去，一条小溪流出来，这里多为揭姓人家居住。说起这大羊的名字，当地还流传着一个故事。

相传明朝年间，一位揭姓猎人从广东一路过来，到了建阳又到光泽。他一路打猎为生，寻找可以安身立命的地方。他走了一天又一天，走了一个地方又一个地方，身心万分疲惫，还是没找到可以居住的地方。一天，他大半天没有打到猎物，心里很是扫兴，快傍晚时走到大羊的地方，突然，天阴下来，突然响起了雷声，前面山坳里跳出一只白色的大山羊向前面跑去。他欣喜万分，马上提起精神用力追上去。那白色的大山羊见有人来追，更加惊恐，一跳一跃跑得飞快。一下窜进大羊的山上丛林里面，不见了踪影。

揭姓猎人赶进来时，到处找不到这只白山羊。这时天已黑了，他看到这里四面环山，一条小路，一条小溪，中间平整的荒野。心想："这里有山有水，中间开出田地，不是最好的安身地方吗？"于是就决定在这里停下来，也不去那里了。当晚他在茅草窝中凑合了一夜，第二天起来，他就动手开始砍木盖房，安顿下来。接着他开荒种地，种上了稻谷。这里都是高山丛林，野物很多，闲了他照样上山打猎。后来娶妻生子，繁衍后代，日子过得幸福美满。

因为是揭姓祖先打猎赶白羊到这里，所以这里就叫作大羊。后代人口越来越多，这里成为一个自然村，后来也成为行政村名。现在揭姓的人家已在这里居住了二十多代，分为好几房，都过得很好，并盖起了揭氏宗祠，定时祭祀祖先。一部分揭姓人迁到外面生活，大陂和司前等地都有，但每年清明节时，他们都要回到大羊，在宗祠吃清明，祭祀自己的祖先。

崇瑞原名桐屋下

崇瑞村部

丰富的村落历史

鸾凤乡有个叫崇瑞的地方，崇瑞是自然村名，也是行政村名。然而古时崇瑞叫作桐屋下，为何后来叫崇瑞呢？这在当地民间还广为流传着一个故事。

相传许久以前，崇瑞自然村这个地方居住了许多人家，以张姓为主。当地人以种田为生，温饱可以保证，但并不富裕。一年张姓先祖外出，发现很多人做家具用油漆，需要桐油，而且价格很好。于是他采买了一大批桐树苗运回来，分到家家户户在门前屋后、山上山下栽种，并进行精心管护。很快家家的桐树长势很好，树木高大翁郁，整个村子都在桐树的包裹之中。每年人们除种田外，还可以收很多桐子，剥皮取籽榨出桐油，挑到外面卖。因为这里有桐子树，专门产桐油，桐油纯，质量好，价钱便宜，人们买桐油都要买这里产的，许多人因此而富裕，家家都盖起了高大的房子，村子也成为远近闻名的富裕村。因为桐树都在屋下，人们就称这里为"桐屋下"。

村中的张家人富裕了，在注重民风的同时，更注重耕读传家，鼓励子孙读书成才。清朝中叶，村中张家出了一个叫张瑞的人，据说中过举人。他饱读诗书，而且品德高尚，轻财好义，广做慈善，受人尊重，在村中有很高的威信。人们提起他做的善事，如数家珍。一年天旱，田地受灾，粮食无收，人们没法度日，纷纷拖家带口，欲背井离乡，往他处谋生。这时张瑞见状，在村口拦住大家。他慷慨捐献出家中所有的财产，买来了粮食，与大家同甘共苦，最后都度过了灾荒。还有一年，村中发生火灾，好多户房子烧掉，没有地方居住和吃饭。他腾出家来让人居住，开仓赈灾，拿出谷子发给大家做饭吃。村中三户孤寡老人，一生无儿无女，到了老年无法生活，他把这几位老人收到家中，当作自己的父母，并为他们养老送终。村中的几位孤儿，他也收在家中，当做自己的儿女抚养，培养他们读书。村头的老桥年久失修，在洪水中倒掉，人们上地里干活和外出不方便。他一个人单独出资，雇请工匠，将桥建好。

为此，张瑞的好名声传到远近，人人提起他都竖起拇指，人人都崇拜他，十里八乡人提起他的名字都很敬佩，他的名声盖过了桐屋下的村名。为了弘扬他的传统美德，人们就将桐树下村名改为崇瑞村名，意思就是崇敬张瑞这个人，后来也成为行政村名。这个故事一直在民间广为流传，让当地人一代又一代为之自豪。

双门亭子前后门

双门村部

鸾凤有个双门村，为何叫双门呢？当地老人讲述了一个故事。

双门村地处光泽城西，去往止马李坊要从这里走，也是前往江西黎川的主要通道，每天人来车往。自古以来，光泽民间一直有在道路上建亭的习惯，一般是每隔5里左右就会建一个亭子，方便行人休息。因为建亭在当地是公益和慈善，有富户捐款和众人筹资，众人义务投工投劳而建。而亭建在那里，建多大，建什么样的都根据建亭人的想法。

不知何时，有一位江西的行人来光泽，因为背负重物，而且又是风餐露宿，旅途劳顿，所以生病躺在双门村路边而亡。当时围观的人很多，大家都很难过。这位行人不知是江西哪里人，去哪里也没人知道，也许家中有需要赡养的双老，还有急切盼归的妻儿，就这样命丧他乡。当时在场的众人看了这惨景，都觉得很难过。村中一位长者觉得村子要做些好事，不能让路人死在村子的地界。应当在路上建一个亭子，让行人走到这里有一个歇脚的地方。于是他把村中的人叫在一起商议，大家听了老人的想法都纷纷表示赞同。

在他的带领下，村中的人当场有钱出钱，没钱出力。在建时，有人提出把亭子建在路中间，行人到这里直接可以休息，更加方便行人，得到大家的一致同意。没多久，一座大大的亭子就建好了。这个亭子是路从亭子中间而过，而且建有前后门，门一关，跟住在房子里一样安全。特别是在冬季，行人走到这里，晚上歇宿时两边门一关，里面暖和，不会受风寒。

因为这个亭子有两个门，所以这个地方从此就叫双门。双门的亭子因1934年修建阳杉公路时拓宽道路，所以拆除了。但这地方仍一直沿用古地名双门，双门村原只是自然村名，后来也成为行政村名。

黄溪起名因黄鸡

黄溪村部

"讲古"声声话鸾凤

鸾凤的黄溪村黄溪自然村原名叫黄鸡，原村庄在对面的山脚下。相传很久以前的一年，这里大旱，没有水源，田地干裂，庄稼都快枯死。

旱情越来越严重，田地没有水，连人吃的水都要到几里外的地方去挑。但人们没有被旱情吓倒，在村中长者的带领下，大家一起到村前村后的大山脚下去挖泉水。可是挖啊挖，挖了很深，还是没有见泉水出现。又到对面的地方山垇背荫处继续挖，可是挖来挖去，还是没有挖到水源。人们焦急万分，心如火焚，感到无望。但在长者的鼓励下，大家还是不气馁，继续地挖下去。

一晚，村里的人都做了一个梦，梦到老天爷说："你们挖泉找水的决心和诚意，让我感动，明天的泉眼就会有泉水流出来啦！你们从此将摆脱旱情，过上好日子！"第二天一早，人们相互转告，向泉眼处跑来。远远只见一只黄色的公鸡对着泉眼大叫了三声，就隐身不见了。人们不知发生什么事，赶过去时，只见泉眼先是冒出来一股黄色的泉水。接着泉水越来越清，形成一条清澈的小溪，欢快地流过来，往下面流去。流过村庄，流过田野，流向远方。

于是田地的稻苗开始返青，庄稼丰收有了希望。人们可以尽情地吃水、用水，大家的脸上露出了许久没有的笑容。人们知道这是诚意和决心感动了上苍，化作了黄色的神鸡下来点化，引导泉眼流出水来，造福大家。

从此，这里就有了这一条小溪，从村中间穿过，日夜奔流，保证了人们洪水季节不涝，旱天日子不旱。接着大家纷纷把家搬到这边平整的地方来，在这里建立了村庄。因为当时是黄色的神鸡点化，所以人们先是把这地方叫黄鸡，接着改叫作黄溪，后来也成为行政村的名字。

君山坪山是一村

君山村部

鸾凤乡君山和坪山是相连的两个村，原来都不叫这名字。这是因为地处乌君山脚下，富屯溪旁。过去这里没有人烟，一大片沙土洲，所以长久以来一直都叫乌洲。

为何乌洲这里后来又有君山村和坪山村名字，由来有个历史沿革的故事。

要说乌洲地处城郊，离城里不远，而且地处乌君山脚下和富屯溪水旁，山清水秀，大片的沙洲土地平整，是个好地方。到了唐宋以后，这里陆续迁来了许多姓氏人家，有上官氏落脚十八都，李氏乌洲开族，黄姓、胡姓、罗姓等迁家君山下。人们在这里忙时农耕，闲时上山打猎，下河抓鱼，日子也过得很富足。这里人们当时就叫君山，又因离城约7里，又有"七里"的名字。慢慢地人多起来，也发展起来。于是地方太小，不够住，各姓氏人家一代代都往外扩伸，沿途发展了许多个小村落，一直扩到现在的坪山一带。

到了明代有了规范的里都图甲行政划分，这里都图甲划分虽不同，但地方同在一起。乌洲这个名字就慢慢少有人叫，只是在史籍中记载。再到后来废除都图甲，这里就重新命名，靠里面是在乌君山脚下，还是以君山为名。靠外面城区山地都是丘陵，地方平整空坪开阔，就以坪山为名，而零散的小村落就以原有的名字。到了后来，这里总称是君山大队，1971年前后，县里认为这里地方太大，大队部又在君山村，不方便外面坪山这一带的管辖，决定把这里分成两个大队，以各自名称命名。1984年大队改村，于是又有了今天的君山村和坪山村的行政村名字。

坪山村部

丰富的村落历史

以宫为名的文昌村

文昌村部

鸾凤有个文昌村，地处城边，现在是城中村的一个村名，原名叫蔬菜大队，约在1984年大队改村时以文昌命村名。

为什么起文昌这个名字呢？因为村一部分地处城南，这里古时有一个"文昌宫"。

关于文昌宫的来历，民间相传有个故事。

光泽这个地方过去地僻人穷，出的读书人也少，建县前几乎没有出过什么出类拔萃的人物。北宋太平兴国四年（979）建县时，上任的县官"新官上任三把火"，就想广办教育，培养人才。于是办塾校，建学宫，招收当地子弟入学读书。因为人们信仰读书之神是"文曲星"，于是祷告天上"文曲星"下凡，让当地人读书成名。一晚，县官做梦梦到天上文曲星对他说："你要培养读书人才，可我下凡到你县里连个安身的地方都没有，你叫我怎么来？"县官马上梦醒了，想想不会错。第二天升大堂，召集各里长前来，把梦中文曲星托梦的话告诉大家。于是要各里长回去筹钱，选定在城南面的山坡上盖起了一座文昌宫，里面塑起文曲星像，并烧香供奉三天三夜，请文曲星下凡。从此以后每月初一、十五小供，每年春秋大供。

文曲星没有辜负人们的心意，果然从那时起，光泽这里读书人多起来，而且读书成名的不少。仅两宋年间，光泽就有23人高中进士，并有1人中了探花，科举在当地算是"破了天"。于是家家读书的人都要到文昌宫祭祀文曲星，保佑他们能读书获取功名，一直到民国年间庙祀才罢。

文昌村在城边，原来属街，又归杭川大队。1966年因为村子一直供应城区蔬菜，叫蔬菜大队。1984年城关公社改为鸾凤乡时，以文昌命名该村，成了行政村的名字，一直到现在。

中坊村名的由来

中坊村部

鸾凤乡中坊村原属邵武，1972年划归光泽。为何叫中坊，当地也有

丰富的村落历史

一个故事。

相传古时，这里住有很多姓氏的人家，形成很多个人居的小聚落，当地把一个个小聚落称坊，总的名字就叫综坊。当年有一黄姓人家搬到这里的山边居住，因为地处偏僻，人少孤单，常受到外来的侵害。有时晚上家中被抢被盗，不敢抗争。有时种下庄稼成熟时一夜之间被野猪糟蹋。搞得家中不宁，日子越过越穷。

一天，当地有一老人路过他家门口，向他家讨水喝。这家人马上端好茶水，又将家中刚包的文子拿上来给老人吃。老人很高兴，见他家孤零零地居住在山边，日子过得穷苦。吃喝完就问："你们单家独户地住在这里，碰到事情怎么办？应当搬到人多的地方去住，家中才会兴旺！"主人说："我们是外来户，怕当地人不容！"那老人说："这样吧，我是这地方的里长，我同意让你家搬到坊的中间空地上去盖房住，你们准备一下赶紧搬吧！"说完老人就走了。

主人半信半疑，就收拾东西过去。果然看到那老人已在那里，叫好了人替他家量地盖房。周围各坊的人看到是里长出面，不敢作声，都跑来帮忙。人多力量大，当晚一座草房就盖好。他一家人住在这里，从此

中坊社区

再不怕受侵害。家中日子也慢慢好起来，儿女成群，家族繁衍，发展成了一个坊立在各坊的中间，成为当地一个最兴旺的姓氏族群之一，在当地影响很大。

后来人们就把他住的这坊名字改做中坊，并以这里为中心。1972年从邵武划归光泽时叫中坊大队，1984年后就改为中坊村，也成了一个行政村的名字这样一直叫下来。2019年这里设立了中坊社区。

七十垅村的由来

在鸾凤乡武林村的岭头附近，过去有一个叫七十垅的小村落。这里田地一垄垄相连，平整肥沃。现在居住很多人家，为了便于管理，所以叫七十垅。它北边有一座山叫纱帽山，形状如古代当官的乌纱帽。

为什么叫七十垅？为什么叫纱帽山？说起来其中还有一段故事。

从岭头到高源是一条长长的山谷，相传过去这里都是荒地，人多田少，庄稼歉收，人吃不饱，在饥饿线上挣扎。在元代时有一任光泽县令来到这里，眼见大批的荒地没有开垦，民众粮食年年不够吃，心里很焦急。他想这里本身有一条小溪，水源不成问题。如这一条山谷开进去，起码有几百上千亩田地，完全可以解决这一带民众的粮食问题。于是他回去贴出官府公告，让民众在这里自由开垦，谁开的田归谁所有。可是一段时间过去，迟迟没人动工，一直没有人开垦。

县令觉得很奇怪，便下到民间访知，了解到原来民众开垦有许多顾虑。一是怕官府说话不算话，开出的田地会充公。二来怕恶霸占去，因为没有田契。三怕以后加重赋税，皇粮要缴很多。了解了这些民间实情，他沉思很久，想出一方法。那天，他召集这一带民众到这里开会，会上他大声宣布说："官府说话算数，谁开荒田地归谁。三年内不缴皇粮，三年后与其他田地一样。有官府告示为凭，如做不到我这个县官不当了，我这顶乌纱帽不要了！"就当场把头上的乌纱帽摘下扔在旁边的山坡上。民众听了很感动，相互说："既然县官这样当众保证，我们还有什么担忧，先开出再说吧！"于是大家成群结队地到这里开荒造田。很快就从岭头开到了高源，官府差役点数，一共七十垅田地。县令要求大家赶紧种上粮食，改变眼下粮食不够吃的状况。

有了这七十垅田地，从此这里的民众种下的粮食吃不完，还可卖到其他地方，日子过得很富足。所以这个小村落就叫七十垅。奇怪的是，当年扔纱帽的山坡慢慢变成了一顶形状像乌纱帽的小山头，人们叫作纱帽山。

莫家墩无莫姓

坪山的莫家墩自然村，村名有个来历。这里，地方墩面开阔平整，土地肥沃，水溪交错。可是很久以前，这么一个好地方，一直没有人家居住。所以地名就叫莫（没）家墩。

后来，有一位外地来的范姓人，他在不远的饶坪村居住，以砍柴为生。他每天从乌君山上砍柴挑来城里卖，途中要经过这里。有时晚上赶不回去，就在莫家墩中间搭了个草棚居住。一段时间他觉得这里也不错，墩面这么大，耕种很方便，而且离城也近，所以经常就在这里生活。慢慢地这位范姓人也不砍柴了，不再回饶坪村了，就把家中东西搬过来，在这里安家。他在这里种田种菜，发展家业，很快富裕起来，并娶妻纳妾，养儿育女，慢慢地发展成了一个自然村。

莫家墩这里过去没有人家，现在到处都是人家。因为是过去的名字，范姓祖先没有改过来。所以后人也不便再改，于是这个小村落就还是叫莫家墩。

天子岗没有出天子

城郊的坪山村有个叫天子岗的自然村,说起这个村名来历,还有一个故事。

相传很久以前,一位风水先生走到天子岗这里。见这里背靠青青的山岗,面对富屯溪大河,山内山外云雾缭绕,如同仙境。特别是暮色降临时,背后山岗中隐隐有霞霭之气升起,于是断定这里有龙脉,将来会出天子。于是就有了天子岗的地名,很多人来这山岗脚下居住。

当地有一户人家家业发达,子孙都读书做官。一年,家中主妇去世,早年当地迷信风俗规定,外面嫁进来的女人不进祖坟。可这家人怀念她嫁进来含辛茹苦,养儿育女操持一家不易,也就不管什么忌讳,将她葬在家后山的龙脉上,并砌了一个大大的墓。风水迷信说龙脉是出天子的,女人葬下龙穴破了风水。从此这个地方不再出天子,也不出大人物,只空留一个名字而已。当然,这只是封建迷信而已。

千百年过去,天子岗没有出过什么天子和大人物,显得名不副实,只是一个小村落而已。但因为这里龙脉葬的女性,在人们心里如仙子般善良美丽。再加上这里暮色很美,每天黄昏时,夕阳笼罩,霞霭缭绕山岗,似有仙女翩翩起舞,煞是好看,于是又把天子岗叫仙子岗。元代著名的本地诗人黄镇成到此观此景,欣然而作一首"仙岗暮霭"诗描绘:"霏霏暝色满山城,隐隐岩扉带晚晴。试问仙人何处是,数声樵唱不胜情。"

梁家坊无人姓梁

鸾凤乡饶坪村有一个自然村叫梁家坊,原是梁家先祖的开基之地。

丰富的村落历史

可是现在这里虽叫梁家坊，但几十户人家都姓危或元，基本没有姓梁的人。这是怎么回事？

相传许久以前，梁家先祖来到猴子山脚下的饶坪村，见这里山清水秀，树林茂盛，地势平坦，是个很好的地方。于是就在这里盖房开地，娶妻生育。他们平时种田，闲时上猴子山上打猎、采菇、采茶，日子过得很好。因为他姓梁，又是他梁家人居住，人们就把这里叫作梁家坊。

可是不知到了哪一代，这里姓梁的几兄弟家里都是人丁不旺。老大心里更是有说不出的苦，他生有5个女儿，却没有生一个儿子。过去没有儿子就没有人承继香火，就是没有了后代，他为此心中总是闷闷不乐。一晃很多年过去，几个女儿都长大了，到了出嫁的年龄。他挑选了几个人家，将女儿嫁出去4个。留下一个最小的女儿，要招上门女婿。

"女婿是半个儿"。他从上门来求亲的人家中挑选，选中了一个姓危的忠厚老实年轻人做女婿。这年轻人是个孤儿，从小父母病亡，愿意上门。他心地厚道，勤劳能干。结婚后夫妻俩和和睦睦，发家致富。梁姓老丈人虽然没有儿子心有遗憾，但看到上门女婿和女儿对他都很孝顺，生病时小两口请医问药，端茶送水，服侍得十分周到。一年后姓梁的老人去世，两口子为老人送终，丧事办得风风光光。

后来，小夫妻更加持家，把日子过得红红火火，在这里繁衍后代，子孙满堂，家族不断旺盛。而姓梁的几户人家都人气不旺，人丁凋零。到后来，这里基本已没有姓梁的，都是姓危的人家。当地危、元姓氏本是一家，后来不少元姓人也来这里投亲靠族，所以这里人都是姓危的和姓元的，基本没有姓梁的。但他们不忘今天的生活地方是梁姓先祖的开基和对危姓女婿的恩德之功，所以一直不改地名，仍把这个小村落叫作梁家坊。

大洲卢氏祖先

十里铺村有个大洲自然村，这里位于富屯溪水旁，一大片沙洲田地延伸，所以有大洲之称。这里河边靠山处居住的大都是姓卢的人家，在这里生活已有三四百年。

说起这里姓卢的人家来历，当地还流传有一个故事。

相传过去大洲居住的是黄姓和谢姓人家，姓黄的是大财主，河边的田地，村后的山林，还有河对面君山的山窠田地都是他的，可谓财大气粗，富贵无比。一年，有三个泉州的年轻人，一个姓卢，一个姓林，一个姓黄。因为沿海兵乱，家乡无法生活，就结伴来闽北山区谋生。走到大洲这里，肚子饿了，就向人家要饭吃。想想也没地方去，就投到黄姓财主家做长工。在这里天天面朝黄土背朝天的劳累，搞得还是吃不饱穿不暖，姓林的年轻人只好去不远的十里铺去替人做长工，以后就安家在那里。而黄姓的年轻人就走到更远的油溪村去做长工，也在那里安家立命。而这卢姓的年轻人哪都不想去，就留在大洲这里。

黄姓的财主虽然家大业大，妻妾成群，可是一直没有生育，弄得无儿无女。"不孝有三，无后为大"。他着急万分，又无可奈何。想到恐怕是家中的风水不好，导致这样的结果。于是就请了个风水先生来家中看地，可是一看三年。天天三顿酒肉，四时新衣，可是还没看好一块宝地。财主心里不高兴了，就想："我这样对待你，你还不给我卖力，我也没必要再当祖宗供你了！"就开始只供粗茶淡饭，弄得风水先生很不高兴。实际上风水先生早已看好了对面一块叫"木鱼窠"的山地，是风水宝地，子孙会发达。只是时候不到，不说出来。现在看财主对他日趋冷淡，所以更不愿说。

而这位姓卢的年轻人非常勤劳，为人老实，三年中他一直把风水先生当长辈敬重。吃饭时帮先生端椅装饭，晚上为先生打水洗脚。先生生病时，他几天几夜在床边帮助服侍，先生很感动。一天，他问姓卢的年轻人："你家里还有什么人，愿不愿在这地方永久安身？"姓卢的年轻人说："家里一个母亲去年已死，就我一人，回去也没有人了。愿意在这里安身，也不想去那里！""好，你现在听我的。赶紧回去把你母亲的骨殖移过来，埋在对面的山窠，以后你就会子孙发达，大洲就会成为你安身立命的地方！"姓卢的年轻人听风水先生这样说，感激地跪下叩了三个头，就起身回泉州去了。

这边风水先生对财主说："这姓卢的年轻人不错，无家无口一个人，让他把母亲的骨殖迁葬这里。你把河对面那茅草窠没用的地方抵三年工钱，送给他安葬母亲。以后他家乡那边无牵无挂，安心在这里为你做工发家，不是很好吗？"财主平时也看这姓卢的年轻人做人厚道，做事勤劳，也很满意。一听风水先生这样说，马上表态："可以，这地就送给他，让他以后好好给我做事！"半个月后，那姓卢的年轻人回泉州把母亲的骨殖背来，安葬在这里。

姓卢的年轻人从此安心在这里，后来娶妻生子。果然如风水先生所说，家族兴旺，子孙发达，繁衍一代又一代。而财主家没有子女，家业没人继承，姓谢的人家后来也搬到其他地方去了。大洲这个小村落基本也就成了姓卢的家族居住了，一直到今天。

册下章氏人家

在鸾凤乡双门村的册下自然村，居住着是章氏人家。村中间一座清代的章氏宗祠，记录着章氏在这里的历史。

册下村坐东朝西，村背后是象形山，头在南面，包裹着这一块土地。北面大路是过去的官道，南面是西溪大河，西面田地开阔，丘陵连绵。一条大溪从远处流来，在村前转个弯流向南面，汇入大河，这个弯就如栅栏，拦住风水走向，古人就取偏旁叫册下。据说，明朝年间章氏祖上三兄弟从浦城逃荒到江西南城，最后到这里。先在北面路边安家，后来每天早晨听到册下这边有鸡叫，过去找时又看不到鸡。心想恐怕这里才是居住地，于是都搬过来安家。三兄弟中的老三生了5个儿子，盖了一排五榴房子，分五房居住。到了第8代时章氏家族发达起来，人丁兴旺。有一个叫章仕彩的族长牵头盖宗祠，提议纪念先祖，祭祀睦族。据说，当时请一个风水先生来看地，二房的一个长辈陪着，他对风水先生很客气，倒茶请吃饭。风水先生最后很感动，偷偷告诉他，靠宗祠右侧空地风水很好，如在此居住，子孙繁衍发达。于是二房这家就在这边起房，并搬进入住。果然，没多少年，子孙兴旺起来，册下这里住不下，就搬到离这里2里外的高田自然村去分开居住。高田，因为那里田地比较高，所以叫高田。

据《章氏家谱》记载，册下村的章氏宗祠，建于清嘉庆元年（1796），距今200多年。门楼高大，宽约10多米，大门正中上方门匾上过去有"章氏宗祠"字样。两边开月门，上面分别有"木本""水源"字样，是告诫子孙：树有根水有源，不要忘了祖宗。大门进去约20多米，有前厅，过去是戏台。天井，两边台阶上正堂，后厅供历代祖先的神龛。祠内粗大木柱立地，屋梁高拱，外墙骑楼式形状，建筑比较精良。宗祠作为历代章氏子孙春秋清明祭祀场所，也是这个小村落现在唯一的古老建筑风景。

牛岭的陈家

鸾凤乡黄溪村的牛岭自然村住有许多陈姓人家，他们的祖上是从江西九江迁来的。

江西九江的陈家是当地的望族，属河南颖川郡。有300年合炊，15代3900人不分家之说，被宋代皇帝封为"义门陈"。后有皇帝认为家势

丰富的村落历史

太大不好，许以陈家全国分庄居住。当时陈氏祖先觉得不好分，于是焚香向天卜告，以铁锅悬空，以锤击碎，碎成多少片，子孙就分在多少个地方。然后他举起锤子，用力一锤下去，锅碎成291片，有说是108片。于是确定子孙分到全国各地291个地方或108个地方，并由官府帮助接纳，限时走完。当时来光泽这里有一个子孙，他带着家人来到光泽华桥牛田，就在牛田安家，成了今天牛田的陈家。接着这家孩子大了，又分开到止马、华桥的黄溪牛岭、朱溪、瓜坪、何洲坪等地，安家定居。

牛岭这里因山的形状如牛，而称牛岭。当地地势高，坡度大、行走来往艰难。如人推独轮车上下岭，如牛一样累得气喘吁吁，故名牛岭。牛岭自然村的这个陈姓祖先，开始也不知往哪里安家。挑着担子一路走到牛岭这里，累了就停下来，想着休息一下再走。可是一会起身时却起不来，他试了几下，还是起不来。他觉得奇怪："刚才走得好好的，怎么休息一会就起不来了？"陈家人祖先是个聪明勤劳能干的人。他想："身子起不来，恐怕是天意不让我再走，就在这里安家吧！"这个念头一起，再起身就起来了。他站在高处四周一看，这里虽是荒野之地，但地方平阔，有山有水，又在光泽和去江西黎川来往的路边上。于是他就砍木搭房，开出了田地，在山林种下了木竹、果树，安下家来。后娶妻生子，平时除种庄稼外，还上山打猎，下河抓鱼，日子过得很富足。他利用这里经常有来往客商，便做些木竹和粮食等土特产生意，很快发起家来。到后来儿子大了，"树大分枝"，两个儿子各自分家，分住路的两边。相互来往，互相照应，后代子孙一直很旺盛，成了当地的一个大姓。这里的陈家子孙不忘先祖，清明都会到祖地牛田，与陈姓人一起追踪溯源，祭礼祖先。

牛岭这个小村落的陈家人，到今天已延续20多代，一直秉持"义门"祖训，一直勤俭持家，和睦相处，保持祖风。而且陈家人很包容，以礼待人，后来有李黄官高很多姓氏人家也迁到牛岭这里居住，与陈姓人家都和睦共处。陈家人一直是尊老爱幼，友善邻里，乐善好施。历代都有施舍钱谷，扶弱济贫，修桥补路建亭的义举，在当地有良好的口碑。

上源的沈姓家族

鸾凤乡中坊村的上源自然村，因为地处杨梅坑源头，故名。原是光泽西路和江西黎川、资溪陆路和顺渡口方向的一条交汇点，当时人来车往，很是热闹。现在住有沈姓等许多人家，有沈氏宗祠。

传说早些年，这里住有许多姓氏人家，可是一些人家的年轻人不务正业，不思本分，去当土匪。抢劫过往商人、旅客的财物。因此惹恼了官府，要派兵清剿这里。

那天，官府派出的一个探子先前来村里摸底。探子在上源村中转了一圈。当地年轻人很强悍，没给这个来历不明的外乡人好脸色，而且驱赶他出村。当时探子很恼火，发誓要报复这村的人。于是他在村里一个宗祠的墙上做了一个记号，插上一面小旗，约定第二天官兵来清剿时留下这个宗祠，其他地方全部剿灭，人全部杀光，房子全部烧掉。做完这些后，探子马上出村回报，通知官兵前来。

村中一位姓沈的德高望重的老人，他老早就料到村中要遭难，沈姓人家没有参与土匪活动，但"覆巢之下，岂有完卵"，一定会受到牵连。那天他见探子在村中打转，觉得这陌生人很是可疑。于是偷偷地跟踪探子，看看他在干什么。只见探子最后在宗祠门上插了一面小旗，然后急匆匆地走了。当时他心想："这里头不管是凶是吉，肯定是有问题，恐怕要出事了！"他觉得名堂一定在这旗子上，可能是什么信号。于是他不管不顾，上前就把旗子拔下来，插在自家的大门上。

果然，第二天大队官兵杀到这里。一时村中鸡飞狗跳，人哭人喊。官兵见这姓沈人家大门上有插旗子，不来骚扰。到村子其他地方见人杀人，见房烧房，粮食牲畜全部带走，把一个村子全部都毁了。只有这沈姓人家安然无恙，没有受任何损失。

从此上源这里安定，路人平安。姓沈人家后来更加安分守己，耕读传家，教育后代。接着陆续又搬来许多姓氏人家，慢慢地发展起来，组成今天上源这个村子。

曹家湾有"将军"

大羊村与大陂村交界的地方有个曹家湾自然村，地处西溪的转弯处。现在村中多姓氏中没有一家姓曹，但为什么却有这个名字，当地人因为这里曾出过一个"将军"，并有一个久远的故事传下来，所以将村子命名为"曹家湾"。

相传曹家湾的人家过去都姓曹，这里依山傍水，地方富庶，曹姓人种地、打猎、抓鱼，过着平安的日子。可是一年，山贼群起，到处杀人放火，打家劫舍，掠夺民财，搞得民不聊生。一晚，山贼大队人马来到这里，准备大肆抢夺。当地人们吓得哭天喊地，呼娘叫子，惨不忍睹。这时曹姓一个青年人站出来抵抗，他力大无比，自幼习武，学得一身好本事。他见山贼这么猖狂，义愤填膺，独自一人冲到村头，扳下路边桥上的一段石条栏杆拎在手中当武器，往路中间一站，威风凛凛，一副大将军的气势。只见他对山贼大喝道："本人在此，你们赶紧回去，不然叫你们个个都死！"声如洪钟，山贼听了吓得没了胆气。再看他那魁梧的身材，威风的样子，更是后怕，就一直后退。只见他抓起石块冲进贼阵中，左横右扫，上劈下挑，如虎入羊群，把这一群山贼打得落花流水，抱头逃窜到远远的地方才敢停下，从此再也不敢踏进这里。

大家目睹曹姓青年村口大战山贼的场景，钦佩他的勇气和武艺，实在不亚于军队的将军。因为有他在，村庄的安全得到了保护，人们个个感激他，都尊称他为"曹将军"。从此这一带大羊、严坑、黄泥擎、徐家坪过去建庙时，都塑有"曹将军"的像，记载他当年保护村庄的事迹，也希望通过供奉他能保佑村庄和村民永远平安，后来人们就把他居住的这个小村落叫作曹家湾了。

深厚的乌洲理学

李起乌洲开族

李氏宗祠

  光泽县李姓的家族有好几支，来自不同的地方，在当地生活了很多年。其中历史上最出名的是地处鸾凤乌洲李氏这一支。

  说起乌洲李家的来历，为何会在当地开族立脚？民间流传着一个故事。

  乌洲就是现在城区北溪鸾凤坪山延伸到君山一带，这里原来是大片的荒芜之地，自古以来少有人居。在唐朝，有一个叫李频的著名诗人，当过建州刺史，葬在这里。这个叫李频的人是浙江建德人，进士出身，才华出众，诗名遍布大江南北，诗作后被列入《唐诗三百首》中。他选官到建州，就是现在的建瓯所在地做刺史，后来在任上病逝。

  临死之前，他嘱咐在床边的二儿子："我出来做官时答应年老的母亲，任满一定会回去。现在我要死了，不能如愿。你一定要送我的尸骨还乡，让我魂归故乡，切记！切记！"这是他最后的遗愿，也是他家每一个亲人的心愿。他的二儿子叫李起,就叫人将父亲遗体放进棺木,启程运往浙江老家。可是当棺柩运到光泽乌洲,也就是现在的坪山、君山这里。只见难民一批批过来,说是前面江西在打仗,官兵滥杀无辜。听到这些,不能再走了。可是尸体不能久放,无奈之下,李起和家人商量,决定将父亲就地安葬,入土为安。这里有山有水,地势开阔,风景秀丽,是个很好的地方。父亲安葬这里,作为儿子的李起也再不能独自回去,要在这里守孝。于是全家就在这里建房开地,居住下来。后来子孙繁衍,成了当地一个大家族。因为所住的地方叫乌洲,所以人称乌洲李氏。

乌洲李起子孙延续先人好学上进的精神,诗书传家。特别是到了宋朝以来,李氏后人学习理学,以理学世家闻名遐迩。家族子孙中出了许多优秀人才,有人称的"二龙、三凤、七贤、十三子"。五世祖李巽为光泽建县后第一个进士,还有福建闽学鼻祖杨时的学生李郁,最出色的是理学大师朱熹七大弟子之一、宋朝探花李方子。以及李闳祖、李相祖、李壮祖、李文子等诸多朱熹的学生,从而光大了乌洲李氏的家族。朱熹在《特奏名李纯德墓志铭》中写道:"邵武军光泽县东一里许,有地曰乌洲。李氏世居之,为郡著姓。"

李巽的"登第吟"

宋朝乌洲有个叫李巽的文人,是乌洲李氏五世祖。他是光泽建县以来第一位进士,一直为县内后代学子树立了读书上进的榜样。"登第吟"一诗为他所作,讲述自己读书登第的故事,至今还在当地广为流传。

说起李巽,光泽史书上有记载。他是本县乌洲李氏的子孙,乌洲李氏在历史上是声名显赫的家族,祖上是唐朝著名诗人、建州刺史李频。李频千里迢迢从浙江来福建建州任职,没多久病逝在任上。他二儿子李起送他棺柩回浙江建德家乡,途经光泽时恰遇江西战乱不能行走,只好就在当地乌洲安葬他。他的二儿子为此也在此安家,在这里守护先灵,并繁衍家族。在这里生活的后代子孙一直继承家风,诗书传家,出了不少人物,于是乌洲李氏为当地所推崇。

李巽,字仲权,号席帽居士。是乌洲李氏世家的第五代,有兄弟三人,他排行第二。出生于五代后汉乾祐二年(949),自幼受家庭熏陶,刻苦攻读,博学多览,立志要中举。他家不远的梅树湾有一座小山,地处北溪水湾的高处,地势开阔,风景秀丽,他在山前建了一座房子,周围种植梅花,以示自己高洁,不与世同。在唐末五代至宋代,文人雅士在家读书久坐有戴帽防风寒和在地上铺席席地而坐的习惯,再加上这座小山有帽子的形状,所以当地人就称这山为席帽山。他在这里读书修业,很快就中了秀才。并以所作的《蜃楼》《土鼓》《周处斩蛟》三赋而驰名远近,成为当地有名的青年才俊。

可是他虽然才情过人,但却一直时运不济。再加上自认为满腹经纶,才华过人,放松了学习。以致他曾多次去参加乡试考举人,都事与愿违。每次乡试时都不中,他只好打道转回家乡席帽山这里重新读书。当地有人看他多次去考,一直不能得中,就嘲笑他:"李秀才应举,空去空回,不知何时席帽才能离身?"听了这话,他无以为答,感到无地自容。同时也以此话为动力,静下心来,更加发愤读书,终于若干年后考中举人。接着他又去参加会试,于宋太平兴国八年(983)大考时,以一篇《六合为家赋》被主考看中,一举高中进士,成为光泽历代士子中第一个考中进士的人,从而雪洗了往次科考不中的耻辱,这年他才34岁。

为此他意气风发,衣锦还乡。重回光泽席帽山时,他回想自己多年苦读的不易,回想当年落举时乡人对他的嘲笑,他没有抱怨。他想没有当时乡人那嘲笑,让他知辱而求进,就没有今天登第的荣耀。为此,他感慨而作《登第吟》一诗:"当年踪迹困埃尘,不意乘时亦化鳞。为报乡间亲戚道,如今席帽已离身。"表明了自己当时的心境和成功的喜悦。他愈挫愈奋、不懈进取的求学故事,成为激励当地读书人的精神动力。

在他登第之后，两宋年间，光泽读书人考中进士22人，其中乌洲李氏子孙9人。

他后来外出做官，被朝廷点为江南西路提点刑狱。上任后他公正严明，明辨是非，曾重新审理积案，释放冤民上百人，被百姓誉为"青天"。后任江南西路提刑，两浙转运副史等，一直为官公正，两袖清风。当世大学士王禹偁与他交情深厚，推崇他的品行和为人，曾为他作赋《送巽赴官序》一文。李巽后来病故在任上，棺柩回乡葬在司前村的李家坊自然村，诰授中奉大夫。

李巽虽然去世，但这个"登第吟"的读书故事却留下来，激励着一代代光泽学子。

李铎爱书成性

乌洲李氏家族的李铎，是乌洲李氏的第6代，也是李氏家族中卓有成就者。他生于北宋开宝八年（975），受家族教，品行高洁。少年聪颖，好读不倦，读书过目不忘，年轻时就以道德、文章而闻名遐迩。

作为读书人，他喜欢清静，于是找一个幽静之处安家，在现在高源村境内的徐源自然村这里建庐另居。徐源地处城郊，离城约7里路，山清水秀，风景别致，人烟稀少，地方幽静。他在这里，秉承家族"耕读传家"之训，房前几亩田地，房后一片竹林，平时学做些农事，读书吟诗遣词，教授子孙，过着世外桃源般的日子。他的诗词很有造诣，如有"圃茶摇雀舌，岩草坠龙须""池阔鱼吞姝，堂幽木啄奴"等名句传世。

人家问他搬到徐源有何收获，他说："得'监书'十担。"意为在这里读到要读的书，胜过了十担财物。一日，他回乌洲祖居探望，回来时，家中遭火灾，他急忙问："书有没有烧掉？"家人告知，书已抢出，没有遭焚。他欣喜地说："书是我传子孙的财富，其他没有什么可惜的！"

理学大家陈瑾评价他"李铎者,开李氏家学之先倡也"！朱熹对他也称赞有加："其先有赠大理寺评事者,讳铎,始以文行知名乡党……故其子弟见闻开扩,趋尚高远,不与世俗同。"他的后代子孙如李深、李郁、李吕、李闳祖、李相祖、李方子、李应龙等均在理学研究上很有造诣,为此,在宋代乌洲李氏家族理学闻名天下。

李浩庐山读书

鸾凤乌洲的李浩,是李氏第7代子孙,也是一个学识渊博的人。他是李铎的长子,出生于北宋大中祥符七年(1014)。他自小聪明,7岁能诗,有《泳梅》《咏马》《咏莲》和《读书吟》诗作,为人传诵。与弟李诏、李详同学于当地书院,勤学苦读,夜以继日,长年不辍。

相传,他读完家中和书院的藏书而感到意犹未尽,听说庐山的白麓洞书院藏书很多,想要到那里去读书。因为家中不富裕,就往县衙请县令资助盘费。县令知他是个才子,听说他去读书,很高兴,取了一笔钱给他。并写了一封推荐信让他带去给南昌太守,以期得到太守帮助。他到南昌府后,投书谒见太守,太守见信说他有过人的才学,有些半信半疑。于是就命题让他回宿馆去做。他一夕而完成,第二天到府上交文。太守读后大惊,马上招来当地几位宿儒,大家观阅后都赞不绝口。于是向白麓洞书院推荐,让他免试入学读书。一年后,李浩的知识更加丰富,学问由此精进。大儒陈忠肃赞其人:"真率乐易,有古人风。"第二年,李浩要去京城参加会试,太守赞道:"李浩学问出众,此去必能攀折桂枝,夺取功名！"并厚赠盘缠送他前往。

李浩入京,于宋庆历六年(1046)高中进士。举荐充京官,后改秩将仕郎,历知公安、莆田等县,迁太常博士,转屯田员外郎。他继承家学,传承家学,而且家风甚好,教子有方。有《立春日训子》一诗传世:"今日土牛出,初春暖气回。莫辞通夜读,又是一年来。"他生子李勉、李深,小时他训导极严,教读得法,二子长大后皆为一代人凤,均高中进士,时人称为"李氏二龙"。

治平三年(1066)李浩病卒,终年53岁,被赠朝请大夫。

李深刚直不阿

乌洲的李深,字叔平,生于北宋皇祐元年(1049)。是乌洲李氏第8代子孙。其父李浩,饱览诗书,为一代大学者,庆历六年(1046)进士,后因子李深而被封赠朝散大夫。李深自幼苦读,博览群书,经年不辍,二十出头就满腹经纶,广有才名。其学承传程朱理学,并深得其髓,而后传其子孙,故有"李氏家传理学"之称。

李深于熙宁九年(1076)高中进士,进入了封建士子的高层。被授予曹州济阴县(今山东曹县)主簿,又调任饶州鄱阳县(今江西鄱阳县)和蔡州遂平县(今河南遂平县)知县。因学识渊博被朝廷召充编敕所检疫法文字官。绍圣初年,章惇为相,议论要将民众雇役改为差役,生性刚直的李深看检役法样稿时,与权贵意见不合,他认为"雇"和"差"二字区别性质不同,直接损害到百姓的利益,也影响朝廷形象,所以极力反对。为此却惹怒了权贵,遭到迫害,被排挤出去。受到降官一级,以宣德郎任东京竹木场抽税监事的处理。直到绍圣四年(1097),李深被授奉议郎,任通远军(今甘肃陇西县)通判。

传说李深为民请命,不畏强权,在官场起落,仍不改其秉性。绍圣年间,会星事变,皇上下诏求言,李深人在陇西,直接上千疏言历数社会之病以及章惇、蔡京等人任人唯亲、欺君误国的种种罪行。认为如不重理朝政,驱除奸佞,国将不振,民将受荼。他的上疏:"臣请薄陈事实,愿陛下择之……"这封上疏,言语侃烈,有理有据,直指当权者,不难看到他一心为民，疾恶如仇的秉性。可是这份上疏被章惇等人看到，于是他们对李深怀恨于心，进行无情地打击报复。章惇召枢密院熙河兰峪经略安抚都总管钟传等，就进驻喇关一事，诬说奏报失实。以李深在军中参议，与其有关，责令降其官职一级，遂降为指挥。

不久，同僚曾布奏报，边人皆认为失实与李深无关，不应负责，他们知道李深冤枉，请两帅体谅。于是朝廷令章粢、孙度前去调查。粢等回奏如曾布之言。不久得到圣旨，叙复李深原官，改为朝散郎。接着陛辞言事时，李深又为章惇、蔡京迫害，被罢官回乡。直到靖国元年（1101），宋徽宗即位，兼用新旧两派人员，以"消释朋党"之争。李深被起用为司农寺丞，得专令户部役法。李深忧民众负担之苦，于是列出税赋重的地方，申请减轻，让民众欢欣鼓舞。崇宁二年（1103），蔡京当国重权，大肆迫害符元年上书言事，揭露他罪恶的人。于是又对李深进行报复，贬李深到复州（今湖北沔阳县），除名勒停。交由当地官员监督，停止上书等活动。崇宁三年（1104），李深被划入元祐党人，更是遭受无情的打击。崇宁四年（1105），李深被移建昌军（江西南城县），后改在青州（山东益都县）。崇宁五年（1106），党禁解除，李深才恢复了官职。

他一生刚直，饱经忧患，久受折磨，身体状况日差，不久卒于海陵（今江苏泰州）任上，终年58岁。当时许多百姓闻之痛悼，朝廷也念他一生正直，忧国忧民，敢于谏言，实是忠心可嘉，追赠他为朝散大夫（从五品上）。夫人陈氏，也受封为安仁县君。

他一生没有什么财产留下，只著有《杭川集》20卷，为他平生学问和评述时政所作，为人广为传诵。而其中的上疏呈文收在光泽县等地方史志中，今读之朗朗上口，可见其当时的侃烈之风。其二子李阶和李郁皆有学名，都出仕做官，承其之风。尤其是次子李郁，是当时杨时理学的主要继承人之一，为时人所推重。

李郁投师杨时

鸾凤乌洲的李郁,字光祖,学者尊之西山先生。他是理学大师杨时的亲传弟子,乌洲李氏家族中理学最有成就者之一。

他于宋哲宗元丰八年(1085)生在光泽乌洲,其父李深为宋熙宁九年(1076)进士,历任江西鄱阳、河南遂平知县和陇西通判、朝中司农寺丞,死后被授赠朝散大夫,为一代理学家。李郁从小受父教诲,学习理学,后随舅父、当时著名理学家、沙县的陈忠肃研习理学。

传说他年二十岁时,通过舅父相引,谒见理学大师、将乐的杨时。杨时,号龟山先生,是闽理学的鼻祖。其理学传罗从彦、罗从彦传李侗、李侗传朱熹,后来集理学大成的朱熹是杨时三传弟子。杨时考校一番学问,李郁对答俱以精要,杨时认为其智识文行超群,赞叹不已。为此非常器重他,就将三女许配给他。成为学生和女婿的李郁在杨时门下18年,深得杨时的悉心传授,学问日益增进。龟山先生去世后,后进学者许多都跟随李郁学习,为此,他是杨时学术思想重要的继承人、传播人和闽理学的先师之一。

作为一代理学家,他一生研学,学术精到。18年的悉心研学,深明了理学大要,见解上有不同于他人之处。其学术著作有《易传》《论孟遗书》《参同契论》《古杭梦游录》《李西山文集》等数10卷,流传后世,为学者所习。当时名士陈渊曾对人言:"光祖学行,于古人中求也!"朱熹在其撰的《西山先生李公墓表》中评价:"呜呼,圣贤远矣,然其所以立言垂训开示后学,其亦可谓至哉……若龟山之所以教与西山之所以学,其亦足以观矣。"

李郁一生学问不凡,但仕途失意。年少时也曾游太学,参加礼部会试不第,所以心灰意懒,专心理学研习。直至宋绍兴初年,高宗赵构有意中兴大业，思得山林遗逸之材而用之，专门派御史朱异到民间搜求，朱异听说了杨时高足李郁的才德而举荐李郁，高宗在偏殿召见，询问中对答国家要务都于理中。"所陈皆当世大务，上为改容倾听，请退而留者再"。为此高宗而称赞道："卿居山林，论事何娴也！""郁学通世务，议论可采"！即授予右迪功郎一职，后改任敕令所删定官。没多久因丧母而离任，期间上书进言，高宗恩赐特改授承务郎。丧期满后复任时，"又值秦桧为相，公自度不能俯仰禄仕，遂筑室邑于西山，往来读书期间"。所以不出，在家乡城西10里大陂处建一座精舍，作为读书讲学和终老之所，后人称之西山精舍。他在此传授理学，远近学子名贤慕名而至，现在房舍废毁，夷为荒丘。绍兴年间，因友人推荐，李郁出任福建安抚司幕官主管机宜文字。绍兴二十年（1150）病卒于任上，终年65岁。归葬于光泽黄岭之原。元至正年间，李郁后裔、著名的理学家李应龙仍藏修于此，穷研圣道，接西山理学之承传，传承理学渊源。

李郁操行卓立，堪为当世风范。他任闽帅幕府幕友，一次"帅用人言，欲毁民居数十列肆，沽酒以牟利，公白其非，使帅不乐"，要拆民房用于商贾之用，民情激愤，他力争直谏，以辞官而劝。析以是非，最后迫使主官收回成命。于家他"自奉甚约，而事亲极其厚"。兄李阶建炎年间在临安府为官，因州卒作乱，其兄被掳，骂贼撞阶而死。李郁自此视寡嫂为母，视兄子为己子，奉养周全。所以子孙者俱承先人，学问人品出类。其子李揆，后被授承务郎。其侄李吕，深受李郁理学亲传，与理学大师朱熹结为讲学之友。

纵观"杨时高足"李郁的一生，致力理学的继承和发扬，于理学后来在闽集大成而功不可没。学问品行堪为当世之表，后人有赞他："闽学先声，龟山高弟。学醇行修，动于天子。世陶淑质，天挺秀姿。邈想高风，犹见威仪。""熹少好读程氏书，年二十许时，始得西山先生所著《论孟诸说》，读之又知龟山之学横出此支，而恨不及见也"。这是南宋理学大师朱熹在给文友《答李滨老书》中所言，流露出对闽理学鼻祖杨时的高足、闽北光泽籍李郁这位理学前辈的钦佩之情，并于宋淳熙十二年（1185）专门为逝去三十五年的李郁撰写《西山先生李公墓表》。

李吕与朱熹

乌洲的李吕，字滨老，一字东老，号澹轩，宋宣和四年（1122）出生。南宋理学大师朱熹在他撰写的《光泽社仓记》一文中，对自己一生重要学友李吕有这样的评价："李吕与余盖有讲学之旧，余每窃叹其负经事综物之才以老，而无所遇也！"

《四库全书提要》记载："吕字滨老，一字东老，邵武军光泽人。其行事不见于史传。惟周必大《平园续稿》第三十五卷内有所作墓志一篇。称其端庄自重，记诵过人。年四十，即弃科举。至七十七而卒。又称其学务躬行，深恶品耳之习，读《易》六十四卦，皆为义说。"他自幼师承家学，从叔父闽理学鼻祖杨时的高足李郁学习理学。在叔父的精心指导下，于理学有独到的见解。尤其对《周易》《资治通鉴》等见地有独到之处，是一代理学大家。他工诗文，亦工词，其词学晏几道，颇明艳妩媚，为南宋时其重要的词家之一。他早年多次应礼部试不第，40岁后放弃科举，专事理学钻研，与朱熹多有交往。

传说南宋淳熙初年（1179），他和朱熹相会庐山，两人一见如故，相互切磋，互为钦佩，遂从此结为讲学之友。后来两人亲密相交，互相切磋商量一些学术上的事。一同游历山水，汲取天地之精华，互相吟诗唱和，留下了许多诗文佳作。李吕的《跋晦翁游大隐屏诗》："晦公词翰妙天下，可见元无一点尘。为问争珠谁得者，须还真心净瓶人。"还有《陪晦翁游玉涧》一诗："夜琴响空山，临流水方折。老仙何处来，欣赏共清绝。不知庐仝家，还有许风月。"两人在学术上更是一同探讨，于理学上有很大的互补，对朱熹集理学之大成起到一定的作用。如"《通鉴》之书，顷尝观考。病其于正闰之际，名分之实，有未妥者。因尝窃取《春秋条例》，稍加櫽栝，别为一书，而未及就。衰眊浸剧，草稿如山，大惧不能卒业，以为终身之恨。今闻足下亦尝有所论著，而恨其未得就正，以资博约之诲也"。可由此见朱熹对他学术的推重。李吕对朱熹的学识品性也是推崇至极，他后来将儿子李闳祖、李壮祖、李相祖和孙子李方子、李文子等送到朱熹门下求学，李闳祖、李壮祖、李方子、李文子等都高中进士，李方子名列探花。而且理学成就当世瞩目，都为朱熹门下的佼佼者，对理学的继承传播作出了重要的贡献。

朱熹对李吕这位学友的才情有很高的评价，他除在《光泽社仓记》一文中的评价外，还在《答李滨老书》中说："今足下之学，远有端绪……"并应李吕之请，为其父李纯德作《特奏名李纯德墓表》一文："而吕之强学既有闻，又教诸子皆有法，天之所报府君者。"李吕死后，其子以李吕遗著请求朱子作序，朱子语人曰："李丈之学，可谓有补于世教，示及为序而疾革。"后世有人评价"朱子所称，实出公论，不尽以其子游于门下之故也"。

李吕在家乡光泽协助县令张訢推行社仓，赈济贫民，朱熹作的《光泽社仓记》评价："盖其创立规模，提纲挈领，皆张侯之功在。而其条画精明，综理纤密者，则李君之力也。"李吕于宋庆元四年（1198）疾逝于家中，终年77岁。遗著有《周易义说》及《澹轩集》15卷、《澹轩诗馀》1卷等。《澹轩集》后被收入《四库全书》中，《四库全书提要》对其有评价。

李闳祖桂林传学

在乌洲李氏家族中，宋代有一位李闳祖，当地史载他曾到桂林传授理学的故事。

李闳祖是朱熹好友李吕的三儿子，李吕和朱熹关系甚密，让自己的儿子李闳祖、李相祖、李壮祖和孙子李方子、李文子等投在朱子门下，从学理学，诸子孙后来学术精进，出类拔萃，远近闻名。

朱熹对李家的子孙也都很看重，把学问尽授予他们。李闳祖在朱熹门下多年，受益匪浅。他善于思考，治学严谨，学问进步很大，朱子对他很看重。命他编撰《中庸章句》《问辑略》等理学著作，并叫他帮助教授自己的儿孙，启蒙他们的学业。同门师兄弟黄干、李燔、张洽、陈淳等都非常敬重他，经常与他相互切磋。

宋嘉定国四年（1211），他高中进士，历任静江府临桂主簿、古田县令、广西安抚使等。在临桂任上，他广授师门理学，传道讲学，同政学者方信儒、陈孔硕等都与他研讨学问，向他请教。此地从他开始，桂林文士都知道理学，至今流传理学学术。他著有《师友问答》十卷，可谓是最早将闽北朱子理学传至桂林的人，在桂林很受敬重。

宋朝探花李方子

光泽建县一千多年，在宋朝出过一个探花，叫李方子，是乌洲人。他也是朱熹的七大弟子之一，理学后辈中杰出的人物。

说起李方子，民间广为流传着他的故事。他字公晦，号果斋，生于南宋乾道五年（1169），父亲李绍祖很早就去世。他自小跟祖父李吕学习理学，"博学能文，端谨纯笃"。祖父李吕是理学大师朱熹的学友，所以他后来又投在朱熹门下。他"果斋"的名号，就是因老师的话而起的。说是那天他去拜朱熹为师时，朱熹对他说："观生为人，自是寡过。但宽大中要规矩，和缓中要果决。"为了牢记朱熹老师的教诲，从此他就以"果斋"为自己的名号，以鞭策和警示自己。他跟随朱熹10多年，到崇安武夷精舍、建阳考亭书院、湖南长沙等地学习。由于他勤奋好学，学业精进，很快成为朱熹门下出类拔萃的弟子之一。

相传有一年，他为了增长学识，到国子监游学。一天，门子递上一份名帖。他接过一看大吃一惊，原来是国子监的一位学官来谒。这位学官老早听说李方子的名字，所以折节下交来见他。李方子不敢怠慢，马上迎出去，行学生礼。学官说："先生贵为名师高足，名满天下，我理当来见！"李方子谦逊地连称："不敢，不敢，学生是后学，前来求教，望老师多多教诲！"学官看他这么谦和，丝毫没有一点矜气，很敬佩地评价道："这个学生将来必定出人头地！"由此可以看出他谦逊的品性。

他学识深厚，见解不同他人。嘉定七年（1214），他去参加会试考进士。当时的考官真德秀也是朱熹的高足，看完李方子的卷子后感叹地说："这文章深得老师真传啊！"考官本来想推荐李方子为第一名状元人选，请皇帝定夺。但同为考官的一些人认为文章是出色，但内容不合时宜，最后皇帝钦点李方子第三名，为探花。那年他已47岁了，家乡人欢欣鼓舞，专门在城内为他立了探花坊。

他中探花后，很快被授为泉州观察推官一职。在任期间尽忠职守，清正廉洁，不媚上凌下。可就这样吃了亏。任满本可以升迁，可是他不愿求上司，说："朝廷有定制，我为什么要去求人！"一句话得罪了权贵，所以延迟到第二年才又授国子监学官一职，后又选入宫官。可是还有人到丞相史弥远那里告他是真德秀一党。史弥远与真德秀一向是政敌，听了就马上找借口罢了李方子的官职。

李方子被罢官后回乡，心态平和，没有为此气馁和消沉。他在城南风景秀丽的云岩山脚下安身，作为读书和讲学处。由于他的声望，前来求学的人络绎不绝。晚上云岩山精舍中灯火彻夜不熄，书声琅琅。元朝本地著名诗人黄镇成来这里，特地做了"云岩书灯"一诗："曾伴先生共夜阑，时留云焰在云端。自从折桂蟾宫去，剩馥残膏风岁寒。"法医鼻祖宋慈求教过他。邵武知军的叶采，资政殿学士、礼部尚书的牟子才都是他的学生。

"果斋"的名号,让他时时激励自己,鞭策自己。一生遵从老师的教诲,循规蹈矩,谦逊自持,勤力理学,为继承和发扬朱子学说作出了重要贡献。他作了《朱子年谱》3卷,记录了朱熹的生平大事。朱熹遗著《资治通鉴纲要》由他筹资刊印。他自己著有《禹贡解》《传道精语》30卷,《清源文集》40卷等著作,为朱子理学留下的宝贵财富。

宋理宗宝庆二年(1226),由枢密使真德秀等推荐,他被重新起用,为辰州通判。没多久病逝,葬在本县管蜜村。他的生平被列入宋史,他的塑像"祀朱子,配果斋"而列入乡贤祠中。他是光泽建县1000多年来唯一的科举探花,是历代士子中最杰出的人物之一,民间广为流传他的故事,当地一直为他而感到自豪。

李文子与《蜀鉴》

《蜀鉴》是一部反映蜀地上下一千三百年历史的重要著作。起于秦,讫于宋,所记皆战守胜败之迹,于军事之得失,地形之险易,叙次特详。书名《蜀鉴》者,盖鉴古戒今之意。从这一点来看,本书又可作为战争史来读,是治军事史者可贵的资料。在清时被收入《四库全书》。

据有关史料记述,这部中国历史上重要的著作与光泽鸾凤乌洲李文子直接有关。

李文子,生卒不详,字公谨,自号湛溪,是探花李方子的弟弟。南宋绍熙四年(1193)进士,选任建昌军新城县尉,后任县丞,不久,因家中先人去世而回归。重出做官时授宣教郎、江陵府公安县知事,就迁府通判,大安军知军。正逢金人来攻,他整军防御和出兵攻击,上官以没有命令擅自出兵而罢他的官,只授承务郎,不久又复还旧职。接着历任绵、阆、潼三州知事,治政名起。属蜀盗起,主帅赵公彦命令他兼制置司参议,他举措而服诸盗,地方抚定。据有关史料记述,此时宋理宗端平元年(1234)，蒙古灭金以后，随即就开始了对南宋的军事进攻，而蜀川正是两国进行反复争夺的要地，当时在蜀任地方官的李文子，之所以萌发编著《蜀鉴》的念头，书前有李文子于宋理宗端平三年（1236）作的一篇序文，其中说："文子久仕于蜀，燕居深念，细绎前闻，因俾资中郭允蹈辑为一编，起自秦取南郑，迄于王师平孟昶。凡地形之扼塞，山川之险阻，迩雍而邻荆者，稽之旧史，按之图志，悉纪于篇……定为十卷。凡千三百年蜀事之大凡，并可以概见于此。噫！蜀在宇内，九之一尔，得之则安，失之则危，窃之则亡。览是书者，可以鉴焉，因名曰《蜀鉴》。"其目的性是很明确的，这在他书后跋中也说："余与资中士友郭允蹈居仁既为《蜀鉴》一编，使凡仕蜀者，知古今成败兴衰治乱之迹，以为龟鉴"。于是他令其幕僚郭允蹈撰写。

郭允蹈，字居仁，四川资中人，生平不详。估计为南宋孝宗淳熙年间至理宗淳祐初年时人。郭为李文子的"士友"，盖为未曾仕进的积学之士。成书之后，由李文子作序，以及后记作跋。此书所述蜀事，此书体例类似纪事本末，每事各标总题，如第1卷即分为秦人取南郑、秦人取蜀、秦人取汉中、秦人自蜀伐楚、汉高帝由蜀汉定三秦、公孙述尽有蜀地、光武得陇望蜀等7题，每题之中有纲、有目、有论，如朱熹《通鉴纲目》之例。1至8卷起"秦取南郑"而终于"本朝王全斌下蜀"，9、10两卷为"西南夷本末"。皆古来战守胜败之迹，于军事之得失、地形之险易，论述最为详尽，对古人用兵故道，皆注明今在何地，可见作者用心之所在。

李文子后被除授大府寺丞，留充宣抚使参议官兼运司事，加直宝章阁，主管成都漕运。接着以老病乞休，遂以直宝章阁主管建康府崇禧观致仕辞官回乡。他一生为官清廉。还乡时行李简朴。在城西大坂上筑室居住，读书养老游玩，寿70而逝，学者称湛溪先生。他一生留下很多著作，其中他主导编撰的《蜀鉴》最为有名，后世将此书皆归于其功劳。

李应龙西山书院传道

宋元时期,在鸾凤乡大陂村有一座西山书院,为宋代理学大儒李郁创办。李郁,字光祖,号西山,书院开始叫西山精舍,后改叫西山书院。因为李郁是理学大师杨时的学生和女婿,在杨时门下18年,尽得杨时真传。"时殁后,后学尽从郁游",所以书院在当时学者云集,远近闻名。

西山精舍到元代时改为西山书院。在元代时李郁后人李应龙在此传道,教授理学。

李应龙,字玉琳,生于元至元三十一年(1294),是李郁的嫡系子孙。其学西山先生的家传理学"穷究儒家经籍,博学能文而有节操"。少年时就满腹经纶,才名远播。成年后以道德文章而广为人知,足以为人师表。元至元年间(1335—1340),朝廷部使者就闻其名,而先后推荐其出任白鹿洞书院山长和漳州教授。他一直立守西山书院,钻研理学学问,教授当地学子,从而都辞谢不肯赴任。朝廷后赠他为桂林主簿致仕。因为理学成就显著,理学中人把他列入其家族"乌洲李氏理学七贤"之中,明清时并祀乡贤祠中。

他于元至正十五年(1355)病逝,时年62岁。他遗著有《春秋纂例》《老经集注》《四书讲义》等,这些著述对理学的研究、发展,均有重有的参考价值,也是理学经籍中重要的著作。

鸾凤景点的理学诗

鸾凤的景点很多,跟景点相关的诗作中有两首黄镇成的理学诗最为著名。

"讲古"声声话鸾凤

黄镇成（1286—1351），字元镇，号存存子，祖籍闽北光泽。他自幼苦读，广有才名，元延祐年间两度科举赴考落第，为此心灰意冷。离家而游历吴、楚、齐、鲁、赵等古地，写下了大量的诗文，特别是描写光泽城区的《杭川八景》在当地更是家喻户晓，流传千年。

昔日城区范围小，元代著名的诗人、理学大师黄镇成作的"杭川八景"诗，景点可以说几乎都在今天的鸾凤地界。如"君山霁雪"描绘地处饶坪村的乌君山雪景，"七里春涛"描绘君山村七里自然村旁春天的河水浪涛，"仙岗暮霭"描绘坪山村天子岗自然村傍晚暮景。"乌洲唱晚"描绘坪山村乌金洲和武林村下镇岭旁北溪夕阳下打鱼人回归景象。"九峰晴旭"描绘文昌村的九龙峰晴朗之晨的日出。"云岩书灯"描绘文昌村的云岩山宋代探花李方子在山上办精舍，夜晚读书的灯火的景象。"龙滩棹歌"描绘在武林村地界西溪当年过船过黄龙滩船夫唱号子的情景。"月庵钟鼓"描绘武林村旁当年月山庵和龙兴观每天传出晨钟暮鼓的感受。

然而这其中有"七里春涛"和"云岩书灯"两首与理学有关的诗作，很让人寻味。

"云岩书灯"一诗写的云岩山，地处城南，是宋朝本县探花李方子大儒的读书讲学处，先是精舍，后一直作为书院，培养当地学子。当时每当夜晚，书院灯火不熄，学子们夜以继日地苦读，求取功名。黄镇成当年为了写《杭川八景》诗专门来到云岩山，在书院中感受先贤在此苦读的经历。感叹今日后学不知能否如前贤一样，读书获取功名。为此深情地写下"云岩书灯"这首诗，诗中描述这里情景："曾伴先生共夜阑，时留余焰在云端。自从折枝蟾宫去，剩馥残膏几岁寒。"大意是说：这里是名儒的读书讲学地，这里的书灯曾照先贤而科举成名。提问现在这里学子，能否继承这些学风，还有折桂的才气。

"七里春涛"一诗当年黄镇成来到君山村七里自然村，看到村旁富屯溪春天洪水波涛浪涌时的情景而写。君山七里自然村是理学乌洲李氏的祖家，其地人才辈出，为光泽人骄傲。富屯溪水到此地处转弯，河水

101

一下湍急，浪潮汹涌，显得气势恢宏，成为一景。在此他写下这首"七里春涛"一诗："滚滚桃花浪拍空，茫茫东去势何雄。禹门三级浑如许，应有潜鳞此化龙。"一诗。描写了美丽的景色，以景寓意，讲的是李氏先辈人才如龙凤，学问惊人，今天这里景致依旧，但希望有像先贤一样成为龙凤的人，诗中充满激励后人要如春涛一样奋进，有鱼跃龙门之志。诗具有很高的艺术造诣，意境高远，寓意深刻，韵味悠长，给人以唯美之感。

众多的民间建筑

寓意平安的洪光塔

洪光塔

光泽城东鸾凤乡十里铺村的大洲自然村，临富屯溪旁有一座形状像水牛的小山，山顶立有一座高高的七层宝塔，叫洪光塔。洪光塔原名东山塔，古时塔下有东山塔院。塔建于1773年，"文革"中被毁。2004年4月开始重建，2006年1月对外开放。是光泽县城郊标志性建筑。

洪光塔立在大洲，是当地平安的象征。关于它的来历在当地还广为流传着一个故事。

说是很久以前，城东大洲自然村这里有一头水牛经过千年的修行成精了。这水牛精经常作怪，到处为非作歹，糟害百姓。那年秋季富屯溪中间沙洲上种的谷子刚成熟，就被它一块块吃掉。许多农民开始觉得奇怪，又没有脚印，也没有痕迹，怎么谷子会没有了。"莫非是见到了鬼？"于是这些农民联络了许多个青年人，拿着刀枪、锄头、耙子晚上埋伏在庄稼地里。到后半夜时，看到水牛精来了，只见它施展妖术，变成很大的形状，伸长头到河中间的沙洲庄稼地里大吃起来。"原来是这畜牲！"几个青年气得冲出来，有人一刀砍到了水牛精的耳朵上，水牛精顿时流血不止，痛急了跳到河水里去洗伤口，一下子富屯溪河水漫高，淹掉了周边的房屋和庄稼地，也淹死了许多人，大水还淹了县城的东关一带。

从此水牛精在这里更是变本加厉地残害百姓，搞得这一带民不聊生。后来，天上的托塔李天王听说这事，巡视光泽这里时，见这水牛精果然到处横行，站在大洲村口正要把头向河对面君山的庄稼地伸去。李天王大怒："果然如此！你这畜牲，给我住着，安敢如此作恶！"就将手中的神塔抛下，扔在牛头上。水牛精当时闻声抬头看到是托塔李天王，正吓得想赶紧逃脱时，没想到神塔镇压在头上，它马上不得动弹。李天王制伏了水牛精后，画下了神符，然后将神塔收回。从此水牛精一动不能动地镇在这里。千百年过去，尘铺土盖，成了村口这座水牛形状的大山，立在村庄旁。当地百姓因为有这个传说，害怕有朝一日神符失效，水牛精脱身，再糟害人家。就集资在牛头上建了一座七层宝塔镇压在上面，让水牛精永远不能翻身。这座宝塔位于城东水牛形山峰上面，所以又叫东山塔。因为早晨太阳最早照在塔顶，霞光笼罩，人们称是仙界洪光照耀，所以又叫洪光塔。

现在你来到大洲自然村村口，看这水牛山形状的牛头、牛眼、牛嘴、牛脖、牛背、牛胯、牛尾，活生生的就如一头横卧在此的水牛。对河的一面是牛嘴，高处的两个泉眼是牛眼。人们说是因为牛头上镇有宝塔，水牛精不能动弹，痛苦而内疚，泉眼的泉水是他流出的忏悔眼泪。整个水牛形山峰从头到尾约有3里长，把大洲村围住，只有靠水边一条小路伸向外面。

民间另有说当年建宝塔时曾一度准备在牛尾处的狗公形山峰上建，可只建一层岩石的地会下陷，说这不是风水宝地，承载不起这神力厚重的塔，所以还是建在牛头上。建塔当时有一对师徒，师傅去建邵武塔，徒弟建光泽的洪光塔。塔建好后，对比光泽的塔建得比邵武的塔更好。

人们评说，以后做塔就叫徒弟去，不要师傅。这就是说，徒弟抢了师傅的饭碗，徒弟也不好意思。于是就提议，两人一起从洪光塔跳下去，看天命谁活着谁留下来，当时徒弟心想，我年轻力壮，肯定是我会活下来。师傅没有多说，一副胸有成竹的样子。于是师徒约好时间站在塔顶一起往下跳，徒弟没那么个心眼，硬跳下来摔在地上死了。没想到师傅隐藏了一把伞，半空中打开，双手撑着徐徐而下，安全着地。后来造塔师傅一个人吃造塔饭，再不肯收徒弟了，传统的造塔技术就此失传。这只是当地的传说，洪光塔后在"文革""破四旧"时被拆掉，砖石运去建中山台的万岁馆。2004年4月到2006年1月，由当地有声望的人牵头，社会集资请工匠又重新建起这洪光塔。并以塔为核心把这牛形山建成卧牛山公园，建筑精湛，奇石异树，以及国内一流的书法名家在园内各处翰墨题写，成为当地一个重要的文化旅游休闲场所。

　　洪光塔和这座水牛形山雄立在城东，象征着这一方的平安，是民众追求平安的象征。今天，当你来到这里，当地的人也一定会向你讲述这个洪水塔镇水牛精的故事。

傅氏兄弟建造承安桥

承安桥

鸢凤乡油溪村边是一条大溪，溪上有一座古廊桥叫承安廊桥。桥长约50米，5墩4孔，桥面18节桥屋，鹅卵石三合土桥面。建于明万历三十二年（1604），距今已有400多年。说起这座廊桥，当地民间流传着一个感人的故事。

相传很早以前，这里没有桥，溪水更宽，也更深。村里人们外出和到溪对面田里干活都要涉水，不方便，也不安全。特别是春夏洪水季节，村里人困在溪这边，眼睁睁地看着对面田地受灾没办法抢救。外面有点事想去办，也走不出去。后来人们搭上简易的木桥，一涨大水就被冲走。

明朝年间，村里一家有傅姓三兄弟。他们从小父母双亡，日子过得很苦，一个弟弟早夭。他们长大后自己种田、经商赚了不少钱，于是就想到当年过苦日子时，村里人给了他们很多帮助，现在富裕了要为村里做点好事，回报一下乡亲们。哥哥傅玉秀说："我们就在村头的大溪上建一座桥，方便人们来往。"马上得到弟弟的赞同。那天，他们拿出了很多银子，请来了工匠开始建起桥来。村里人知道，都很感动，跑来帮忙，投工投劳。可是建到中间桥墩时，刚建好马上就来了倾盆大雨，洪水上涨把桥墩冲倒。

一连几次，建墩时都下大雨、涨洪水，中间桥墩一直建不起来。"怎么办？"两兄弟和众乡亲都不解，也很着急，但又没什么办法。一天，恰好又在建这桥墩时，八仙之一的吕洞宾过路，发现溪中的一条鲤鱼精在兴风弄雨，鼓波推浪地冲击桥墩。原来这中墩的地方正是它的窝穴口，所以它无论如何不让墩立起来。吕洞宾大怒："小小的鲤鱼精敢如此作恶，这还了得，我今叫你永世不得翻身！"就叫傅姓两兄弟拿出5个大元宝扔进水里，吕洞宾作法："定！"5个大元宝化成5个大大的桥墩立在洪水中，镇在鲤鱼背上。任凭鲤鱼精怎样挣扎，桥墩岿然不动。桥建起来了，后来又加盖棚厝和护栏，增加桥遮挡风雨的功能和美观性。

从此这廊桥立在油溪上，历经数百年风雨而岿然屹立。人们希望它能承载起一村人的安全，所以起名叫承安廊桥。

▌众多的民间建筑

震慑猴精的齐天庙

齐天庙

城边东北方叫乌君山，土名叫猴子山。你不管站在哪里，远远就可看到山顶那两块一大一小的大岩石，形状像两只蹲坐的公、母猴子，当地人顺口就叫猴子山，是光泽最著名的一座"地标山"。而山下的饶坪村口有一座齐天庙，里面供奉着齐天大圣孙悟空的塑像。庙坐南朝北，门楼山墙层叠状，造型优美，古色古香，门前空廊两边呈月门，是一个老庙。据有关史料记载，该庙因猴子山名而在唐宋时修建，开始叫仙圣庙。清嘉庆己卯二十四年（1819）重建，保留至今。

这为什么有这个齐天庙呢？当地一直流传着一个故事。

相传很久以前，猴子山里有很多猴子。它们在这天然的动物园里上树采果，攀石饮泉，过着自由自在、无忧无虑地生活。其中有一公一母两只猴子，经过千年修行成精了。

然而这两只猴精却不安本分，仗着有点道行，经常下山去遭害山下村子里的百姓。每年庄稼成熟时，就下山来把田地谷子全部搞掉。平时村里的家畜经常都被它们吃光，家中的东西也经常被它们毁坏。搞得这一带的百姓鸡犬不宁，不得安生。大家都气愤万分，但是对这两只猴精的恣意妄为又没有办法。

一天，齐天大圣孙悟空去西天取经，路遇妖精使神通把唐僧掳走不见踪影。孙悟空到处寻找不见，因而驾着筋斗云去南海请观音菩萨前来降妖。刚好路过光泽饶坪村上空，听到下界民众哭天叫地，悲泣呼号。便停住下来一问，才知道这猴子山中的两只猴精无恶不作，危害地方，贻祸民众。心里不由地惭愧万分，为这些不肖子孙而大怒。于是它特地留下来看个究竟，站在饶坪村头等候，要看看这两只猴精是如何作恶的。

果然没多久就见那一公一母两只猴精张牙舞爪地下山来，正要进村时，突然发现它们的祖爷爷齐天大圣孙悟空手提金箍棒，横眉立目地站在那里。见它们来到，大喝一声："畜牲，你们如此不肖，败坏俺老孙的名头，今天俺饶不了你等！"两只猴精吓得魂飞魄散，没命地掉头就逃往山里，一直跑到山顶才停下。从此再也不敢下山来了，山下的百姓可以过上了好日子。但是孙悟空要去西天取经，眼下有妖怪捉住唐僧要吃，要去请观音菩萨降妖，不可能一直待在这里。所以镇住了两只猴精后，马上就驾着筋斗云走了。众人留不住，为怕猴精再下山来祸害，大家就想了个办法，集资在村口的地方盖了一座齐天大圣庙，供奉孙悟空的塑像，日夜烧香供奉。一来求得齐天大圣来保佑，二来震慑这两只猴精，让它们不敢下山来。

躲在山中很久的两只猴精也不知孙悟空走了没有，生怕再下山来被孙悟空碰上要了它们的命。但心里又不甘心，很想过去作威作福的日子，于是就日日蹲在山顶向山下观望，看看齐天大圣有没有走掉。因为有这座齐天庙，山上的猴精一直以为孙悟空长住这庙里，从此再也不敢下山来。这样千百年过去，风吹日晒，尘铺土盖，这两只猴子蹲在那里成了两块石头，就是我们今天看到山顶那一大一小、一公一母的两只石猴形象。

众多的民间建筑

因为山上这两座猴石，所以人们把这山叫作猴子山。到后来有药士徐仲山上山采药得遇乌君女，才又有了乌君山的名字。

齐天庙一直立在饶坪，保佑着一方平安。曾在 1933 年作为红军一方面军的物质储备仓库，今天被列入福建省第十批文物保护单位。

历史悠久的瑞岩寺

瑞岩寺

鸾凤乡高源村有一座瑞岩寺，相传始建于唐代，是全县庙宇中历史最悠久的寺庙之一。

据说在此之前这里还有一个庙，当年很兴旺，在唐朝年间被官府拆掉。说是住寺和尚心术不正，采花掳女，特别是在大柱上暗藏机关，只要有女信众来，就会被他们设计掳到地下室去凌辱。一天，知县大人的夫人坐轿前来还愿，和侍女烧香过后感到疲劳，就靠在大柱上休息一下。没想到柱上有暗门，夫人和侍女被和尚拖进了地下室。轿夫在大殿前等了许久不见人出来，取出竹烟杆抽黄烟，敲烟灰时将烟斗头向旁边的一人粗的大柱子敲了6下，没想误敲到和尚约定开地下室的暗号，就打开了柱上的暗门，轿夫伸头一下看到县官夫人和侍女被抓到里面。马上转身就跑，和尚在后面追之不及，轿夫一直跑到了县衙，向县令禀报。县令一听大怒，马上点起兵马，由轿夫带路，火速赶往这里，救出夫人和侍女。县令大骂："此佛道神明清白之地，你几个秃驴竟敢做出这伤天害理的勾当，我岂能容你等！"就下令将几个和尚拖出去斩首，并放火烧了寺庙。

　　直到唐光化年间，这里又重新筹划建庙。选址时，一直定不下来。当地一位信众捐献了地基，才建起了庙。因为建于光化年间，所以当时就叫"光化寺"。多年以后，一天晚上半夜，建庙的头领起来小解时发现前面寺旁山间有祥光闪亮，他觉得很奇怪。第二天一早起来，发现这里有块巨大的大岩石，岩上瑞气弥漫，霞光笼罩。他知道这里一定是风水宝地，于是就与其他头领的商议，决定将庙移到这大岩石上面。庙建好后，就把这庙起名叫"瑞岩寺"。此后，千百年过来，庙果然兴旺，信众极多，香火鼎盛，并联有天明山寺和红岩寺等。到今天，瑞岩寺依然是当地一座远近闻名的寺庙，所在地自然村也以瑞岩寺而名。

▍众多的民间建筑

民间广立的康济庙

康济庙

在鸾凤乡大陂村易家自然村村头有一座康济庙,里面供奉着危一公,民间称"康济皇帝"的塑像。

危一是何许人,为什么会供奉他的塑像?这其中有一个故事。

据《宋史》《八闽通志》和《光泽县志》记载,北宋靖康年间,金人入侵大宋。宋徽宗、钦宗父子二人北狩,被金人抓去,当时朝野震惊,举世悲哀。可是国运衰弱,民众无力救护,空有悲愤,无处诉说。虽然后来太子就位,被立为高宗,但他贪恋皇权,无心救国。

当时光泽的大陂村虎跳自然村,有一位叫危一的人,有说是老翁,有说是青年,有说是打柴为生,有说是编篓为业,更有说是书生。他闻知皇上被俘、国破家亡,心里悲愤,看到官兵只会欺负百姓,却无心救援、对抗金人、救回皇上,所以万分难过。他不忍偷生,站在家中望北而泣三天三夜,而双眼哭出血来,骨立而死。众人都感其忠其义,后来有一位名士李炳者吊以诗云:"南乡老人危翁一,岁晏两晴扶杖出。惊闻二圣并蒙尘,归阖柴门哭三日。眼空愁绝哭声止,里人喑之翁已死。凛然生气申包胥,万古千秋壮忠义。"

虽然他只是一介草民,但他死后,其事迹却被后来封建统治者大做文章。说当时金人俘二帝,整个朝廷无人发声,也无人援救。乃亲子亲弟高宗却隐忍偷位,不求北伐而救二主。没想到乡间这一草泽之民,却有其忠其义,他的义举,难道不让高宗惭愧吗?因此大力颂扬危一,能忧国,忠心耿耿。正是"国家兴亡,匹夫有责"百姓爱国爱主的典范,所以封其为"康济王",并被写进《宋史》,记入《八闽通志》《光泽县志》,也被祀于乡贤祠中,民间纷纷立起康济庙,祀其像而供之、敬之。

大羊、佛沙等村的"福善王"庙

福善王庙

光泽县鸾凤乡大羊村口中,有一个福善王庙,庙中供奉"福善王"。何谓"福善王"?为何供奉"福善王"呢?这在当地民间还有一个传说。

众多的民间建筑

相传隋朝末年的一天，泉州刺史欧阳佑卸任另赴新职，船行到邵武大乾和光泽中坊和顺这段水面时，突然听到隋朝灭亡的消息。他大惊失色，精神崩溃。他自幼读书，长大做官，凭着才学做到刺史，现承皇恩，另赴新职。可是隋朝灭亡，旧朝如水逝去，而新朝不愿递进。他万念俱灰，感念前朝帝王知遇之恩。无奈之下，他和夫人一起走上船头，双双投水而殉国。

当晚，大乾与中坊和顺的村民梦到他夫妻二人托梦，说我二人殉国而死，请你将我们尸身葬好，我们会保佑你们四季平安，五谷丰登，六畜兴旺。第二天，人们相互转告，沿河找他们尸身而找不到，没想到逆水而上百米却发现他们夫妻尸身，面色如生。于是人们向他们夫妻跪拜叩头，安葬在富屯溪旁。

到了宋朝年间，皇帝知道他的忠义，赐封他为"福善王"，传旨在当地为他建庙立寺，享受人们祭祀，"福善王"从此成了当地寺庙中供有的神像。

鸾凤乡大羊、高源、崇瑞、上屯、中坊、双门等村过去都有"福善王"庙，里面供奉"福善王"塑像。当地还有个"一段樟木三菩萨"的民谣。

说是有一年洪水特大，在富屯溪上游西溪边上的大羊自然村一棵千年的老樟树根被掏空倒下，一直漂流过前面佛沙，村民跟着大羊的村民追下来，树木直到中坊附近被当地村民打捞起来。当时中坊属邵武管辖，大羊人听说，叫上佛沙人一起帮忙前去讨要。没想到中坊人不给，说我们冒着生命危险从洪水中捞来，要送给刚起的大乾庙做新菩萨福善王塑像，来保佑村中人平安。可是佛沙人和大羊人不让，说大樟树是自己那里的，洪水冲走但还是自己的东西，不能白让你们拿走，事情也就一直僵在那里。

但凡事总要有一个解决的办法，何况大樟树若不是大乾人捞起，就流走了，谁也得不到。于是大羊和佛沙人最后做了让步，这棵樟树这么大，那就做成三个"福善王"菩萨，立在各自村里的福善王庙中，大家都有份，哪个村都保佑。中坊村人听了也觉得是个好办法，马上就请来工匠来雕像。因为中坊的大乾村是"福善王"的源地，所以用树根做塑像，做得最大。其次大羊人的树，立有专门的福善王庙，佛沙人情愿将中段树身做的塑像给大羊，树梢做的菩萨小，佛沙人自己留下。一根樟树纠纷案就这样圆满解决了。

鸾凤大羊、佛沙、中坊等地乡村的人们初一十五和"福善王"的生日，都到寺庙中祭祀。而且三个庙之间都有来往，让福善王菩萨给大家带来福善报应，保佑大家平安。

西溪水头的天后宫

天后宫

鸾凤武林村在城郊地界有一座天后宫，这座宫立在西溪寺前街头。清版《光泽县志》有记载，天后宫历经数百年，曾多次毁损。虽然面积不大，但有戏台和宫殿，中间供奉着妈祖的塑像，四时有人祭拜。每年逢妈祖的生日，这里都会进行大型祭祀活动。

众多的民间建筑

妈祖信仰是闽中、闽南沿海一带的民间信俗，然而为何在闽北山区的光泽县鸾凤武林地界也立有此宫，供奉妈祖娘娘。说来民间流传有一个故事。

闽北山区光泽地处闽江源头，境内有西溪、北溪和富屯溪，通往闽江。当时这里山路崎岖难行，所以人们出行大多是走水路，当时水路、船运比较发达。每天数百条麻雀船和鸡公船在溪上来往穿梭，运载着外出行人和生产生活必需品。其中驾船的有闽清过来的一大船帮，这些船工勤劳能干，不辞辛劳，风餐露宿，风里来，雨里去，来往在水上，挣一份运工钱，来维持一家人温饱。

可是这条河道礁石林立，明礁暗礁，从福州溯流而上要经500余滩到这里，常常船行触碰暗礁，船破人亡。更有每年雨季山洪暴发，洪水泛滥，在水上行船更是危险万分。

一年夏季，雨水季节，河水涌涨，长久不停，这些闽清船工从止马水口运谷下来。可是行船西溪进城关这一段拐弯险要水路，突然前船被风浪打翻，后船撞上来，许多船工落进洪水里，万分危急。突然，云雾中仿佛现出妈祖形象，只见她伸手一拂，顿时风平浪静，落水船工仿佛有人拽住一样，一个个被拖上岸来。当地大家齐跪在岸边向半空祭拜，好似看见妈祖娘娘慢慢挥手，消失在半空中。

于是大家一起商议，凑出钱来，在这里盖了一座天后宫，其他船帮和当地的人听说，也都出资帮助建设。宫中供奉妈祖娘娘塑像，四时敬贡。每次出船时，都会来宫中烧香祭祀，保佑平安。船工的家属逢船工出外时，都会天天来宫中烧香祭祀，托请妈祖娘娘保佑亲人在外行船的平安。

虽然后来陆路开出大道，水路已没有走了，船只也慢慢消失了。但是这座天后宫仍保留在这里，当地人四时来敬香，每年举办妈祖生辰活动，祈求保佑这一方风调雨顺，人们四季平安。

万寿宫立于和顺渡

万寿宫

鸾凤中坊村的和顺渡口上面,立有一座旧式的万寿宫。这座建筑占地面积200平方米,有200多年历史。门楼高耸,上面书写"万寿宫"字样,里面二进,有戏台、天井、廊楼、正厅、后厅、厨房等。万寿宫,为纪念江西的地方保护神——俗称"福主"的许真君而建。这里曾是江西会馆,所以里面供奉着"许真君"塑像。

许真君,原名许逊,字敬元。东汉末,其父许萧从中原避乱来南昌。三国吴赤乌二年(239),许逊生于南昌县长定乡益塘坡。他天资聪颖,5岁入学,10岁知经书大意,立志为学,精通百家,尤好道家修炼之术。真君29岁出外云游,曾拜吴猛为师,得其秘诀。42岁,去乡就官,任蜀郡旌阳县令。他为官清廉,为民除害、根治水患,政声极佳,深受百姓爱戴。许逊死后,为了纪念他,乡邻和族孙在其故居立起了"许仙祠",南北朝时改名"游帷观",宋真宗赐名并亲笔提"玉隆万寿宫"。历经许多朝代，宫中香火不断。有江西人聚住的地方，就有万寿宫。明清时期，江西经济发达，经营瓷器、茶叶、大米、木材和丝绸的赣籍商人行走全国，并在全国各地都修建了万寿宫，万寿宫也成为外地江西同乡的"江西会馆"。然而和顺这里为什么会建万寿宫呢？当地民间还流传有一个故事。

和顺地处光泽与邵武交界，原来是属邵武管辖。这里河面宽敞，水平如镜，光泽东面往下四府延平、福州、泉州、漳州等的行人和商贸不管是走陆路还是水路，只有这一个渡口。行人都要从这里过渡到邵武，再往下行。光泽地处闽赣边境，赣东北面一带每年大量的商品要往福建方向，到光泽后要从和顺这里的渡口过。明清年间"赣商行天下"，江西客商长年来往奔波走和顺这里，大量的货物运到这里过渡。天晚了或等渡时感到疲惫，都要在当地借宿。他们在外日久，总希望有一个家一样的地方。何况挣钱也是为了享受，于是他们就投入银钱，在这里建一座会馆，专门供江西人住宿。因为江西人信仰许真君，建起的会馆就供许真君塑像，让其保佑，并以他的名号称万寿宫，意在保佑江西人人在外平安长寿。

建起这座万寿宫，江西人来往更自在。长年以来，每天都有江西客商和行人在这里留宿居住，在里面祭祀、休息、喝茶、吃酒、听戏，安全安逸如在家一般。

后来，通往福建的陆路交通的发达，水运渐渐式微。昔日繁华的和顺渡建起了大桥，和顺渡基本停渡，万寿宫也从此没有人居住，只是成了当地人按时烧香祭祀，保佑平安的场所。

下仙华的天妃宫

鸾凤乡镇岭梅树湾下仙华的铜锣山脚下有一座天妃宫，又叫夫人庙。庙不大，里面供奉着"天妃娘娘"陈靖姑夫人塑像，当地人信仰陈靖姑的风俗很引人注目。

陈氏夫人叫陈靖姑，是福州人，年幼时曾赴闾山学法，24岁祈雨抗旱，为民除害而献身。因为嫁古田人为妻，长期生活在古田临水地方，所以又称"临水夫人"。死后英灵得道，学得妇产医术济世救人，为世间"助产保胎之神"，所以人们建庙祭祀她。庙中塑像两边还有姓林、姓李两位女子塑像，是她的结义姐妹，当年帮她一起求雨除害。陈靖姑千百年来一直是闽东、闽中人们普遍的信仰。可是为何在这闽北偏僻的山村有这样一座夫人庙呢？这在当地世代流传着一个故事。

相传明末年间，闽南沿海连年兵乱不止，搞得盗贼横行，民不聊生。泉州境内一户人家在当地过不下去，决定举家迁移。毕竟是祖辈世代生活的地方，这家男主人很是留恋，但却没有办法要走。临行时家里没有什么东西了，就把神案上供奉的陈靖姑塑像放进筐里，希望陈氏夫人跟随他出走，保佑他们今后的日子。他挑着陈靖姑塑像的担子和家人走来走去，不知往哪里去。恰在这时听说闽北没有兵乱，而且地方富庶，人口稀少，官府又在招人垦荒定居，于是他挑着担子带着家人就往这边来了。

走到光泽县镇岭梅树湾的下仙华这个地方，只见这里山清水秀，地势平阔，风景很好。刚好他也累了，就放下担子，招呼家人在一棵大樟树下歇歇脚。可是再起身时，他却怎么也挑不动担子。他觉得奇怪，那几百上千里都挑过来了，怎么这下挑不动，莫非陈氏夫人菩萨要在这里落脚安家。他想想还是看神明的意思。就脱下脚下的草鞋作筊，口中向天祷告如草鞋落下鞋面朝上，就在这里安家，如草鞋底面朝上就马上走人。接着就将草鞋向天扔上去，掉下来是正面，一连三次都是如此。"天意不可违"，他就决定定居这里。砍木盖房，开荒种地，繁衍后代，从此安居乐业。为了不泯灭闽南家乡的信仰，不忘自己的家乡，他在家旁边盖一座庙，将陈氏夫人菩萨安放。

从此，下仙华这里就有了这座天妃宫。你到这里，当地的老人都会向你讲述这个久远的天妃宫传说故事。

众多的民间建筑

家族向往的高育公祠

唐都督高育公祠

鸾凤中坊村的和顺自然村有一座"唐提督高育公祠",它是清朝同治四年(1866)的建筑,由育公第三十四代子孙静庵公为首重建,至今保护在那里。每年清明这里,闽赣边境到处的高姓族人都会齐聚到这里祭祀祖先,慎终追远。

和顺自然村地属今天的鸾凤乡中坊村,在20世纪70年代初划归光泽县。说起村中这座宗祠,在当地高姓人中,还流传着一个故事。

唐代大顺年间,河南淮阳人高育,年少习武,精通武艺,长大后从军。不久因南方战乱即奉命入闽,随军到建州、邵武等地平乱安民,因武艺高强,作战勇敢,被任命为提督。后来唐朝末期,逐步分裂为五代十国,育公深感唐朝已回天无门,自己几十年南征北战也已尽力,但内心仍旧效忠唐朝,不屈于朱温建立的后梁。由于战事无法回归故里,只能在乱世中找一块静地安身。所以不得已于开平四年(907)解散军队,自己留居在当时邵武境内的和顺。从此和顺就成为后来邵武、光泽及江西黎川、贵溪等地居住的高氏发源地，高育公就是今天这一地带高氏的始迁祖。

这里依山傍水，土地肥沃，环境优美，是块极宜人居的风水宝地。高育公安居和顺后，融入当地生活，开荒造田，繁衍家族。家中张夫人为原配，生育了居乾、居武二子。姜夫人为继室，生育了居保、居明、居遂、居魏四子。儿子长大后，高育公认为："男儿要立志，自己要创业！"于是拿出家中的银子，交给每个儿子一份，并让每个儿子抄录家谱一份，作为今后认祖的凭证。让他们各自选择地方，相继外出发展。其长子居乾及后人向北到城关东门及北路崇仁、寨里、司前及江西贵溪一带创业，四子居明则到南边的鸾凤、华桥、止马及江西黎川等地发展，居武、居保两个儿子没有外出，则在和顺另外成家立业。居遂、居魏两个儿子外出，但没有传后，于是没有后人再回来。因此，几个儿子不管在家还是在外的，都发展得很好。当今邵、光、黎、贵等地的高氏后人都是居乾、居武、居保和居明的子孙。经过1000多年繁衍生息，高氏家族不断壮大，而且人才辈出，成为各地的旺族。当地人们提起高家，都要竖起拇指。高氏家族以高育公为第一代计算，现在居住在邵、光、黎、贵等地的高氏已发展到第48代，派行字号也从第36代开始统一新编为"家盛能发福，德兴庆瑞祥；俊才超群志，学胜登仕良"，仅光泽高氏总人数初步估计已达7000多人口。并形成完整的高氏宗族谱系，传与各地高氏后人。

高育公当年去世后，子孙将他安葬在居住地和顺。从此，和顺成为闽赣高氏人家的认祖地，是他们高氏家族的精神家园。目前，在鸾凤乡中坊村的和顺自然村还有保存完好的高育与两位夫人墓。清朝同治四年（1866）由育公第三十四代子孙静庵公（太学生，诰赠奉直大夫）为首倡议，修建高育公祠。直到今天，每年的清明节，大批光泽及周边县市的高育公后裔都聚集在此宗祠，认祖归宗，谒陵扫墓，聆听家训，缅怀先人的丰功伟绩，彰显高氏家族的兴旺与发达。

高源的黄岭古亭

鸾凤乡高源村与双门村和华桥吴屯村交界有一座山岭,叫黄源岭。黄源岭不高,海拔只有600米左右,有一条从城里到这里的古道穿山口而过,前往西路华桥和江西资溪一带。过去每天倒是热闹,人来车往不断。黄源岭山口上,立有一座古亭,当地人叫黄岭亭。

说起这黄岭亭,当地有一段传说。

很久以前,一位黄姓人为了躲避地主盘剥,举家迁往这山脚下生活。他们一家勤劳肯干,开出了田地,并从山上挖出了泉源水溪,流下山来,灌溉庄稼。并在山上种植了木竹和茶树果树,收入贴补家用。一家人从此不受地主欺压剥削,过上了富足的日子。

黄源岭旁这里是光泽通往江西的一条古道,行人来去,独轮车往,都是从这里过。人们上岭都很吃力,他看了难过。那天,他召集家人,开口说:"我们来这里已有很长时间,现在家中的日子过好了,没有后顾之忧,这是老天爷的垂顾。我们现在要做些好事,修好这一段路,建一个亭子,方便来往行人!"马上得到家人的赞同,大家都说是应该做些善事,回报他人,为自己积德。

于是他拿出家中所有的钱,购买石板、方砖、瓦片,雇来工匠,铺起了长长的上岭和下岭的道路,方便人们行走。他还在山口处建起一座亭子,供来往人休息。还在这里办起饭铺,安排人们吃饭喝水,从不收费。

因为这人姓黄,山上有泉源,人们就把这座山岭叫黄源岭,把这座亭子就叫黄岭亭。现在因为有往华桥和江西资溪一带的大路通车过人,这座200多年的亭子依然伫立在高源通往吴屯的黄岭古道口上,依旧成为三村民众来往的一条山中通道。

不在省际边界的王际坳关

光泽县与赣交界，著名的九关十三隘大都在省际边界上。可是唯独有一个关例外，不在省际边界，只是立在本县与邵武交界处，这就是鸾凤大羊村这里的王际坳关。

王际坳关为何没有立在省际边界上呢？当地流传着一个故事。

长久以来，光泽县一直属福建邵武管辖，历史上只有短暂时间被划归江西。长期以来，光泽作为福建西北的最前沿，一直担负着保卫福建的重责，所以周边与江西交界处都建起了关隘，成为抵御外来进攻的第一道防线，为保护当地平安发挥了重要的作用。光泽的九关十三隘中，王际坳关建的时间最短，大约在1934年到1947年之间建的。那段时间光泽划到江西省管辖。光泽与邵武就成了省际边界。在关隘上从北到南排过来，就剩南面的光泽南面与邵武这里有了个"破口"。于是当局为了堵住这"破口"，决定在这里也建一个关隘。

光泽南面大羊村这里有一座广山，海拔约千米，范围很广，跨界邵武。这里路险，下面是一个大山坳，坳里开发有田地。长长的水际飞瀑而下，形成琉璃坑的涧溪，流经大羊而下西溪。由于曾经有王姓人家居住这里，人们把这里叫王际坳。自古有小路上山，从邵武下畲通到光泽的大羊，两地人互相走动。于是当局就在这里建起了此关，并以地名命名王际坳关。

1947年8月1日以后，光泽由江西划回福建管辖，王际坳关也就不在省界上了。而关下山坳的田地土改时分给一农户，随着这农户迁住邵武下畲，当时地界管理不够明晰，其田地也随之归邵武。当地约定俗成，以王际坳关为界，靠北为光泽大羊，靠南为邵武下畲，两地人通过关口互相往来。

有趣的乡俚故事

罗天秀才在鸾凤

唐末五代时的罗隐，字昭谏，今浙江富阳市新登镇人，是当时的一位著名诗人和道家学者。生于公元太和七年（833），大中十三年（859）底至京师，应进士试十多次，最终还是铩羽而归，史称"十上不第"。黄巢起义后，避乱隐居九华山从道，游历浙赣闽边境。光启三年（887），55岁时归乡依吴越王钱镠，历任钱塘令、司勋郎中、给事中等职。五代后梁开平三年（909）去世，享年77岁。

罗隐作为中国著名的道家人物，一生游历各地，大多在浙赣闽等一带，人称"罗天秀才"。他金口不换，机智诙谐，放荡不羁。在民间影响极大。特别是他从浙到赣，杉关入闽进光泽县西路的途中，到处留下他的故事，充满了民俗传奇色彩。千百年来，在鸾凤当地百姓口中一代代流传，至今人们还是津津乐道。

（一）"金口"凡身

罗天秀才，据说原来名字叫罗隐，又叫罗天。出世没多久父亲就去世，和母亲相依为命，过着穷苦的日子。

小时候他就聪明伶俐，7岁时开始替财主家放牛。财主家有请私塾老师教孩子读书，他每天放牛经过时也趴在窗外朝里看，跟着先生诵读。往往屋内的少爷还没听懂，屋外的他倒全懂了。几年下来，"四书五经"他都读得烂熟。多年后他也随人去参加考试，没想到居然还中了秀才，人们称他"罗天秀才"。后来又考了举人，可是考进士却十试九落，没有办法再进身了。

他只好去改学道教,学了很久,没有什么进益。一晚,他突然梦见天上太上老君说:"汝心诚志坚,为我道中人,现赐你金口龙身,享人间富贵。明日三更你起来祷告,我会亲自来给你脱胎换骨,你要好好准备,切记,切记!"

醒来后他把梦中的话告诉母亲,母亲也半信半疑。第二天晚上他嘱咐母亲三更时准时叫醒他,就先去睡觉。母亲在灯下做针线活,没想到快三更时却因为疲劳不住,打个盹就睡着了。醒来就已到了五更,忙叫他起来祷告。这时太上老君匆匆赶到,给他刚换上金口,才要换龙身时鸡已打鸣,天亮了,龙身没有换成。太上老君气得说:"你自毁富贵,虽有'金口',但却只是乞丐命!"

另有传说是他母亲蛮横霸道,与邻居交恶,到处吵架。整天在家中做饭炒菜时举着菜刀敲着灶头对外骂:"你们这些人都不得好死,我儿子以后当了皇帝,让你们个个都死!"灶王菩萨天天被他敲头,气得要死。小年二十三上天时向玉帝告状,玉帝听了大怒,心想:"你还没有当上皇帝,就这么要害死人,这还了得!"马上叫神仙去换掉他的皇帝身子。那天晚上,罗天秀才感到全身疼痛,大声喊痛。他母亲叫他咬住牙齿,神仙刚换了他皇帝的身子,却换不掉他皇帝的嘴。最后鸡鸣天亮了,神仙只好回天庭复命去了。

从此他只有"金口""圣旨口",没有龙身,只有乞丐命,所以没有人间富贵享受,只配做一个乞丐和游方道人,到处云游,放荡不羁。但好在成了"金口"后,出口很准,每开"金口",都能如愿,所以民间称他"出口成谶"。

(二)牛不用绳牵

西路是古时鸾凤的地界,现在也还有一部分属于鸾凤。在这里你发现农民耕田时牛不用绳子牵,而只要"哦,哦,哦"几声,牛就老老实地拖着犁向前走。而北路和西出杉关的牛，耕田时，牛就要用绳牵，还要用鞭打，否则乱跑不好好耕田。

这是怎么回事呢？

传说有一天，罗天秀才从江西往福建时，在江西厚村的地方，身背行李木箱绳子陈旧突然断成了几截，东西散落一地。他连忙把东西拾起装进箱里，却没有绳子绑扎。于是他走到田边向一位犁田的农民问："大哥，我绑箱子的绳子断了不能用，你能不能把你拴牛的绳子给我？"那农民听了把眼一瞪："说得倒好，我给你了牛绳子，那牛怎么会犁田，跑了牛怎么办？"说完依旧赶牛耕田，不理睬他。罗天秀才只好叹了口气道："唉，那以后你们就世世代代地牵牛耕田吧！"然后抱着箱子走过地界到福建光泽西路境内，又看到一位耕田的老农民，他上前去问："老伯，你能不能把你的拴牛绳子给我绑箱子，我要赶远路！""行！"那老农答应得非常干脆，马上从牛鼻子上解下绳子递给他。罗天秀才感动地说："你好人有好报，今后你们这里耕田的牛就不再用绳子啦！"

"金口"一开，果然从那以后，闽赣这里江西境内这边的牛耕田要拴牛绳，而福建光泽境内西路鸾凤这边的牛耕田却不拴牛绳，界限非常明显。你今天到这里看还是如此，江西地界的牛用拴牛绳耕田还不听话，左挣右挣要到处乱走。而福建光泽西路农民耕田时牛不用绳子，只是喊几句简单的"哦，哦，哦"口号，要牛左就左右就右，前就前后就后，老老实实，真是让人不可思议。

（三）大便造肥田

很久以前，光泽县西路到册下这一段土地很贫瘠，种什么都收不好，农民苦不堪言。

一次，罗天秀才往这里经过，已到晚上，就投宿到一户农家。农家老两口很热情，煮了一点糯米饭招待他。半夜里他口渴起来喝了一大瓢冷水，没想到肚子却痛得不行，要出去拉稀。路过老两口房门时，听到这家老两口没睡，坐在灯下唉声叹气道："土地这么瘦，粮食年年没什么好收成，这样的日子怎么过啊！"

农家没有茅厕，他到老人家门前的田里去屙，一泡大便下去。第二天他对这户农家老人说："我在你家田里一泡屎，土地肥到册下里！"

果然，两路一带土地从此都成了肥田，年年五谷丰登，长势喜人。

（四）罗天秀才褒贬树木

某年夏天的一天，罗天秀才到处云游，在城郊鸾凤的地方走累了。天气炎热，树木很多，他靠在一棵松树下休息。没想到树干上的松油沾满了他一背，站起来时衣服都扯破了，他气得骂了一句："绝兜货！"从此你看到其他树伐了根部都会抽芽又长起来，而松树砍了根就不会抽芽，只靠落子才能繁育成林。

接着他又走到一棵棕树下休息，没想到棕毛落进他脖里，搞得他全身都是痒痒的，他气得又骂了一句："该千刀万剐！"从此棕树就经常被人剥棕皮，用刀拉抽成丝用来做蓑衣。

两处都没有休息好，他只好又再往前去，走到一棵杉树下休息。他靠在树干，杉树密密如盖，荫凉舒适，他很高兴地说了一句："真是心肝宝贝！"从此杉树的心是干的。

（五）逢村随口

一次，罗天秀才到黄溪一个叫上朱溪的自然村，碰到一个种田人，他询问光泽城怎么走，那人见他是叫花子一样的道士，不愿理他，把头扭过一边。他只好往前走，到一个叫下朱溪的自然村时，碰到一个挑秧的人，那挑秧人一样不理他。他气得顺口道："朱溪朱溪，问路不知，挑担秧去，收斗谷归！"从此这一带倒霉，田地肥力变得很差。怎么用力种田，产量一直上不去。

接着他来到一个叫册下的村子，这地方靠河边。他肚子饿了，就到一农家中要一碗饭吃。那家主人道："饭是没有，剩菜可以给你吃点！"罗天秀才听了开口念："册下洋，册下洋，有好菜没好粮！"果然，这个地方从此粮食长不好，蔬菜倒生得不错。

他又往前走，到一个叫岭头的自然村时，肚子饿了，到一家门口要讨一碗饭吃。那家农妇在里面答道："我们一天到晚地做，还没有吃和穿，哪有给你吃？"罗天秀才气得开口："你一天做到晚，饱不了三餐，穿不了衣暖！"后来这家人天天过着吃不饱穿不暖的日子。罗天秀才去另一家，那家人主动拿出了饭菜让他吃饱，罗天秀才高兴地开口："你家随意做，饭有吃，衣有穿。"那家人果然后来过得很富足。

（六）不够还债

一天，罗天秀才到了石岐自然村的地方。正是中午吃饭的时候，他走到水边问撑排的排伕要饭吃。

当时排伕很爽快，把饭给他吃。罗天秀才开口："竹篙一伸，斗米一升！"这里撑排的后来很挣钱。没多久，罗天秀才又来这里，肚子饿了，又去向排伕要饭吃。这次排伕只顾自己吃，不肯给他吃，他气得开口："竹篙青到黄，欠债不够还！"从此撑排挣不到钱，挣钱不够还债！

罗天秀才肚子饿得不行，只好走到前面一个窑厂，向窑工要饭吃。可是窑工不肯，还骂他。他更气得不行，开口："窑烟半空盖，不够还旧债！"从此烧窑的也挣不到钱了，挣的钱都用来还债了。

（七）干垅成"水垅"

他再往前走，途经快到武林村地界有一个原来叫干垅的地方。这里靠大山，没有水源。当时天热口渴，他看到一个人在坑里打水，就向那人要了一点水喝后继续向前走。来到一个原来叫水垅的地方，这里靠大河。罗天秀才口又渴了，就到一户人家讨水喝。那家刚好水缸没水，就口气很不好地说："没水，没水！"他气得开口："干垅还更湿，山里冒水溪，水垅溪更干，水打地下钻！"从此，干垅里面大山里冒出一条溪流出，长流不断，倒是水源丰富，人都来这里居住。而水垅反而没有水。前面的河水支流通过这里时突然钻到地里，到前面的干垅的地方才冒上来。从此以后，水垅这里人们吃水不方便，只好搬走。后来人们只好把干垅改叫成水垅，而原名的水垅改叫成干垅，让这地方名副其实。

（八）财主遭殃

有一天罗天秀才从光泽水口往大羊过来，准备由王际坳关到邵武方向去。

那天来到王际坳关这里，正是盛夏中午。他走得又累又饿又渴，看到前面有一大户人家，就上去讨水喝。那家是当地最大的财主，方圆几里都是他家的山林田地，家中的房子也盖得高大气派。财主坐在正厅上，见罗天秀才像叫花子一样进来讨水喝，大为恼火，就拿根棍子前来驱赶："去、去、去，给我出去！"罗天秀才水没喝上，被这家财主赶出门去，心里气得要死。他看着前面广山的山势不高，就借山说了句："这里山岭不高，你家今后出不了大人！"后来这财主家果然没有出过什么人物，一代不如一代，最后家势也慢慢衰败了，家人也都沦为了乞丐。

罗天秀才接着往山岭的小路前走，过山口翻过去就是邵武的地界。那面地势低陡，他顺山边走下去。在山脚下见到一幢财主家的房子，他想：

"这里的财主应该不会这么坏吧！"就上前去讨水喝，没想到这家财主更恶，站在门口远远看到，还没等他近前就说："去、去、去！"并招呼家里的狗来咬。幸好罗天秀才腿快一点，没有被狗追上。

他更气了，水没渴上，还被这财主放狗追咬，"真是天下的乌鸦一般黑，世上的财主都一样坏"！回望过来的王际坳关高高在上，从这面上去倒是地势险要，只有一条小道上坳。联想到刚才两边财主的恶相，天下的财主一样坏，罗天秀才心中很不解气，朝地上"呸"了一口，恨恨地说了一句："那边出不了大人，你这边只有打仗打死人！"就这么一句，从此这里成了两地兵家争夺之地，经常发生争战，那家财主的家人都被打死了。

（九）没有"下顿"

相传一天快中午时，罗天秀才来到光泽上屯这个地方，又累又饿，就走到一位财主人家中。这位财主一向贪财刻薄，吝啬成性。当时正在吃饭，见穿得破烂的罗天秀才进家来讨饭，就斥道："出去，出去！我们这地方穷，一天才吃两顿饭，这时才吃上顿，哪有饭给你吃。你到别处讨吧！"罗天秀才求他说："我肚子饿得不行，你分一点给我吃吧！""不行，不行，给你吃了，我就没有的吃。你赶紧走，不然我就叫狗咬你！"罗天秀才气得没办法，心想，你这么心恶，不给我吃，还要叫狗咬我。于是就诅咒道："好，好，你们没得吃，那你们这里就天天吃了上顿没有下顿吧！"

罗天秀才出口应验，就成了事实。从那以后，这个地方更穷了，种地粮食锐减一半，人们每年打下的粮食吃够吃半年，常常是吃了上顿没有下顿，所以后来人们就顺口把这里原上屯村叫作上顿村了。

其实这只是迷信传说，当年上屯的岸上是囤积各南来北往水运货物的大米、木竹、茶叶笋干等地方，所以叫上屯。因为口语方便，所以被叫成上顿了。

（十）"不够油盐"

过去城郊一带村落因为山上竹林丰富，生产黄纸出名，大量销往周边的下四府一带。当时纸价很好，这里做纸的人家里都很富裕。那天中午，罗天秀才到这里时，肚子正饥。看到一家纸工师傅做完一帘纸正歇下来，坐在纸槽边上吃饭，于是就上前向他讨口饭吃。

可是那纸工师傅看他穿得破烂，身上脏臭，不肯给他饭吃，并很厌弃地摆手叫他走开。他气了，随口说了一句："做了一帘又一帘，还是不够买油盐。"从那时起，纸价开始落下来，涨不上去。每天做的纸销出去，赚来的钱还不够买油盐，纸工师傅叫苦连天。

第二年，罗天秀才又经过这里，见到这家纸工师傅愁眉苦脸地坐在纸槽旁吃早饭。就又上前讨饭吃，纸工师傅叹气道："我做纸挣不来饭吃，哪有饭给你吃？"罗隐笑道："你给我饭吃了，你才会有饭吃！"那纸工师傅听了话，看了看他，没说什么就把碗里的饭给了罗隐。罗隐吃过了饭，走后说了一句："做了一帘又一帘，年年都能买田园！"

果然，从此纸价上涨，在这里做纸的人挣的钱，年年都买田买地。

（十一）口劈"纱帽"

西路往武林村岭头的路口，纱帽山边低低地伸出一块巨大的石头，形状像当官的"乌纱帽"。人走过去要低头往石下过，无论坐轿还是骑马的人都要停下来，不然就会碰到头。当地说因为有这块纱帽石，所以出了不少做官的人，让这村为此荣耀。

一天，罗天秀才从这里经过，没低头被伸出的"纱帽石"碰疼了头。他随口骂了一句"天打雷劈，以后只出假官，出不了真官！"当时天上就雷鸣电闪，一道闪电而过，劈去了这块"纱帽石"。从此这里再也没有出当官的人，倒出了不少演戏的人。很多人会演赣戏，在戏台上演当官的倒演得活灵活现，真应了罗天秀才的"出假官"咒语。所以这里现在只剩纱帽山，没有前面伸出的纱帽石。

（十二）蚊子绝迹

　　武林村所在地的寺前街前面，为杭川源头。山清水秀，环境很好。最让人奇怪的是，原来这里夏季再热都没有蚊子。

　　说是一年夏天，罗天秀才从江西资溪来到这里，天已黑了，就在当地一家农户休息。走了一天很疲劳，他一躺下就睡着了。

　　这里人很穷，农家晚上睡觉没有蚊帐，蚊子很多，他睡到半夜就被蚊子咬醒。一巴掌下去，打了一手血。可是蚊子还是围在枕边"嗡嗡"地叫，搞得他烦得要死，一直不能再入睡。于是他气得坐起来，把手一挥，开口道："这里的蚊子都死绝了去！"

　　这"金口"一开，果然这里蚊子都绝迹了，从此再没有蚊子。

（十三）田生稗草

　　过去田里秧插下去，农民就没有什么事，等着秋天收成。一些农民无所事事，游手好闲，经常干一些偷鸡摸狗的坏事。

　　一天，罗天秀才到十里铺，看到一伙年轻农民围在一起赌博，就想要让他们干些正事才好。他过去问："你们大白天不去做事在这里玩，怎么有饭吃？"年轻人回答说："秧插下去了，没有事不玩干什么？"罗天秀才听了眉头一皱，看到旁边有木匠在锯板，他随手抓到一把锯末扔到田里，开口道："田里生稗草，你们天天做不完！"从那以后，田里秧插下去后就会生稗草，不拔掉，稻苗长不好，谷子收成差没有得吃。所以农民要经常下田去拔，辛苦万分，再没有时间去玩了。

（十四）字"鬼都怕"

城郊有一位书生，家贫，以教馆为业。他原本字写得很不好，当年他应县试时，因为字写得很差，被考官扔在一边。

那天，罗天秀才来到他家，看到这卷子，摇头随口道："这字鬼见了都怕！"原本是不屑之语，可因为罗天秀才"金口"说出，却让心思机敏的书生有意别做另一番理解。所以他听说后，当场跪地向罗天秀才叩谢："谢前辈夸奖！"

而民间因为他的字是罗天秀才"金口"赞过："这字鬼见了都怕！"不管是赞语还是谬语，总是"金口"说出的。当时这个故事传得沸沸扬扬，所以民间广为流传这书生的字能驱祟邪，避鬼神，不祥之物不敢登门，能保佑地方和家中平安。因而来向书生求字张挂的人登门不绝，以致闽赣边境一带到处人家、寺庙、宗祠中都有书生的字，家里也富裕起来。

书生也自始立志要练好字，照临古人帖，用心揣摩，博采历代书家之所长，创出自己的风格。书法苍郁深沉，劲挺古朴，显筋显骨，力贯毫端，干劲利索。多年的勤学苦练，他终于成了当时闽赣边境最有影响的书法家之一。

（十五）"金口"害己

罗天秀才四处云游，"金口"乱开，事事如愿，谁想到最后"金口"害死了自己。

那天他在城西的山路行走时，不想天突然下起暴雨，电闪雷鸣，风雨交加。这里前不着村后不着店，他看到不远的山脚下有一个山洞可以避雨，就马上跑过去。

没想到洞里已经躲着一个砍柴的孩子。洞小容不下两人，于是他想把小孩赶出来，就哄说："你还不快出来，这洞马上就要塌下来！"果然，他说完洞口有砂石就开始掉下，那小孩吓得赶紧跑出来。他很得意，马上一头钻进去，可是突然"轰"的一声，洞口塌下来把罗天秀才压死在洞里。

罗天秀才也没有想到自己的"金口"一语成谶，最后害死了自己。

狗的故事

在鸾凤一带乡村，民间关于狗的故事流传很多，而且内容独特，区别于传统中其他狗的传说。

（一）狗为何怕打鼻子

人们常说："狗有七条命，沾土就是命，因为狗的心是泥土做的。"狗的心是什么做的姑且不问，但打狗非得打鼻子，否则很不容易打死。这是为什么呢？其中还有一段故事。

相传，狗原是上界看守王母娘娘蟠桃园的一物，看园本无甚事，但狗不学好，经常监守自盗，以饱口腹。一次却叫王母娘娘发现，大怒之下，就把它锁在园中的角落里。

一日，玉帝出天庭云游视察下界民情，遍访人间疾苦，见许多人家忠实为民，男耕女织，日夜辛勤劳作，本分度日，很感欣慰。但也见一些好吃懒做、不务正业之徒，常常乘隙偷盗人家血汗换来的维系生计之物。被盗人家哭天抢地，寻死觅活，好不惨然。

玉帝看了非常气愤，想狠狠惩治一下这些不法之徒。但想这也不是长策。寻思要为这些好人家找一看门之物，日夜防盗，也算是造福于民吧！但派何物下界呢？他思来想去，没有合适的物选，于是闷闷不乐地回到天宫，和王母娘娘一同往蟠桃园里去游玩散心。

走到园中一处，只见一条狗被粗大铁链锁在角落。玉帝惊问何事，王母娘娘将事端说了一遍，玉帝沉吟片刻，便对狗道："朕有一事差你，你可愿立功赎罪？"

狗一听高兴地连连叩头："愿意，愿意，只问哪一件？"

玉帝道："派你下界干本行，为勤劳善良人家看门防盗。你须勤勉此事，不准懈怠！"

狗听了吓得说："替人看门防贼是件难事，搞不好就要被人打死送掉性命，请另差别的事吧！"

玉帝道："不行，朕意已决！"想想从地上抓起一把泥土捏成一个狗心，对狗说："这与你换换，赐你今后能七次沾土为命。"便又在狗的鼻子上吹了一口气："今后下去你这鼻子特别灵气，能先闻事态，但也是你命的最娇贵处，要好自保护！"

狗才欢喜地答应愿下界去替人们看门了。

刚开始狗倒也能尽职尽责，专咬贼人。久后却现了本性，也不那么忠实，也会偷自己主人的东西吃。而且势利得很，见穿戴好的就摇尾巴，见穿破烂得就狂吠；见软的就咬，见硬的就跑。也不管生人熟人，穷人富人，谁有吃的就跟谁，就对谁摇尾巴。但就是如此，也常常被人打死，因为人们掌握了它的致命点，就是打它的鼻子。

（二）狗为何吃屎

人们在很早的时候，就驯养了狗这种家畜。狗聪明伶俐，能看门防盗，帮助打猎。而且善于溜须拍马，所以很博得人们的喜爱。狗也以此为荣，自命不凡，在其他家畜面前更是神气活现，仿佛天王老子也不在眼里。可是后来为什么会吃屎，在当地还有一个故事。

相传商汤在位时，天下连续九年大旱，草木枯死，庄稼颗粒无收，人成批成批的饿死。人尚且无法生活，狗也过不下去。饿得无法，只好跑上天庭向玉帝告求粮食度荒。

玉帝正在天庭为下界百物不断上来告荒而烦恼，听狗也来找麻烦，更是火冒三丈，便大声宣喝："带上来！"狗吓得战战兢兢，又见两边天兵天将凶神恶煞，让它胆战心惊。马上跪下一把鼻涕一把眼泪哭诉在下界度荒的苦处，请赐给点粮食度日。玉帝看它那副可怜兮兮的样子又好气又好笑，暗道："这家伙平日神气活现的，不知好好忠实职守，专门溜须拍马，不劳而获。现在倒霉了就这副样子，今天非得好好整治它一下不可！"

于是玉帝眉头一皱，计上心来，顿开金口道："你有苦处是吗？"狗一听觉有希望，赶紧连连顿首道："正是，正是！""好，那我就赐你一样食物度日吧！""是什么？""你平日不是靠人给你食物吃，现在人没有东西给你吃，就赐你今后吃人屎吧！"狗一听像挨了当头一棒："这……这……"金口圣言，不容它分辩，两旁的天兵天将手持兵器推推搡搡把它赶出了天门外。

狗无法，只好转回地界。人屎它一想就恶心，怎么吃得下去。但不吃就要饿死，只好紧皱着眉头吃下去。吃了几天，以后就慢慢不觉得难吃了，从此后就养成了吃人屎的习惯，没东西吃时就到处去找人屎吃。

（三）狗鸡为何不交往

民间有句俗语："鸡犬声相闻，老死不相往来。"是说狗和鸡虽然住得很近，但从不交往，这在当地民间还流传有一个故事。

相传很久以前，狗和鸡是一对好朋友，它们共同在一起生活。亲如一家人。一年冬天，大雪纷飞，母鸡刚刚生出一窝小鸡没吃的，就托狗帮助照料一下小鸡，自己就出去找吃食了。狗也几天没有吃东西，饿得无法，见这群活生生的小鸡在面前，馋得直掉口水。忍不住食欲，"饥寒起恶心"，于是不顾道义和朋友之情，将这窝小鸡一口一只都吃进了肚里。

母鸡回来不见了小鸡，惊呼地责问，狗支吾抵赖说不知道。鸡明知道是狗吃了，但势单力薄也毫无办法。于是悲愤地与狗大吵了一顿就搬开住，嘱咐子孙后代从此不准跟狗来往。狗呢，开始也知理屈，心中有愧，也不来找鸡。但时间一长，生性皮厚的狗又经常来挑逗和追撵鸡，但鸡很有骨气，绝不理睬。

不信，你看家中的狗和鸡，它们确实不相往来。

长工与财主

在鸾凤乡油溪村一带，流传着一个长工斗财主的故事。说是从前有一个财主非常势利苛刻，生出很多法子克扣长工。长工平时受尽了打骂，还经常拿不到工钱。一年，财主又雇了一个长工，这位长工聪明机智，勤劳能干，他想出了许多惩治财主的方法。

（一）破衣换皮衣

一年春节，财主家来了很多客人。房间都安排满了，就把长工的住房也腾出来，长工只好在磨坊里面搭了个地铺睡。磨坊四面通风，晚上寒风阵阵，长工身上穿得只是一件破衣。冷得没办法，就起来推砻谷磨转，活动一下身子。

早上，财主以为他冷死了，进磨坊来一看，发现长工满头大汗地坐在地铺上。觉得奇怪地问："天这么冷，你怎么还头上冒汗？"长工回答说："我身上这件是祖传的宝衣，越冷穿了越热！"财主一听，贪婪的本性就显现出来，马上说："我过两天要去各村要债，天太冷，你这件宝衣给我穿吧!"长工假装不肯说:"给你穿了,天这么冷,那我穿什么?这不行!"财主没办法只好说:"就拿我身上这件皮衣跟你换吧!"长工故意迟延一下,最后叹了口气说:"那好吧,谁叫我们是东伙一场!"

过了几天,财主要去村里收债,嫌这破衣太脏太臭,穿不下去,就叫老婆拿去洗一下晒干。收债那天,他穿着破衣出去,没有感到一点温暖。外面寒风凛凛,冷到骨头,几乎把他冷死。

长工那天穿着财主暖烘烘的皮衣赶紧回家。他知道财主最后发现上当,不肯善罢甘休,一定会来找麻烦。

果然,那天财主受冻回来,气势汹汹地追到长工家找长工算账。长工问:"什么事?"财主答:"你这骗子,你这宝衣根本不能保暖,害得我冷得半死,现在你赶紧把我的皮衣还回来,不然我对你不客气!""我穿了都保暖,怎么到你身上就不保暖了?你洗过了没有?""我只是叫老婆洗了一下?""哎呀,谁叫你洗的,就是洗坏了。宝气都洗没有了,所以才不会暖和!""啊,是这样?""对,就是这样,可不能怨我,只能怪你,你害得我宝衣没有用了!"财主听了最后哑口无言,只好灰溜溜地回去了。

(二) 生死棍子

长工在财主家扛活,财主坏,财主婆更坏。夫妻俩专门干些伤天害理的事情,长工老早就想找机会治治他们。

于是,长工回家和老婆商量了一计,马上准备了一根棍子,一头涂黑,一头涂红。

一天,长工夫妻看到财主路过,就马上装着因家事吵架。妻子事前发髻里藏着一个鸡蛋,外面看不出。一边梳头,一边故意用话顶撞丈夫。长工装作听了大发火,一手抡起棍子黑头打下去,妻子大叫一声倒地,头上的鸡蛋破了流出液来。"哎呀，脑浆子打出来了！"财主见状，吓了一跳，大声地惊喊起来。

"不怕，不怕！我这棍子黑头打死，红头打活。"长工举起棍子的红头，一棍打下去。妻子马上站起身来，好好的一点事也没有。

"真是宝棍，送给我吧！"财主看得目瞪口呆，伸手就向长工要棍子。

"不行，不行！"

"你上次骗我的皮衣就算了，这宝棍一定要送给我！"说着，就上前夺过长工的棍子跑了回家。

到家看到老婆正闲坐在门前晒太阳，他气得用黑的一头就是一棍，老婆应声倒地，一下没有了气息。他不慌不忙地掉过棍头又是一棍，可是老婆没有起来，近前一看，真的打死了。他知道这次又受了骗，不顾老婆还死在地上，就气冲冲地带着"狗腿子"来找长工算账。

（三）治驼背

长工没想到这么快就惹来了祸事，被财主带"狗腿子"五花大绑起来，拖到河边，吊在一棵歪脖子垂枝挂在洪水河面的树干上。财主和"狗腿子"就回去吃饭，临走时说："先吊吊你，等吃过饭再拿斧头来砍树，淹死你这狗长工。"

等财主和"狗腿子"走后，长工吊在树上知道肯定没有了活命，心里在想有没有什么办法可以逃掉。

突然，他看到远处走来了一个卖布的驼背小贩。这位小贩一直在这一带做生意，专门克扣人家布头，名声很不好。于是长工顿时眉头一皱，计上心来。那驼背小贩看到树上挂一个人，下面是滔滔的洪水，就问："你怎么吊在这上面，多危险啊！"

长工故意高兴地说："我因为驼背难看，祖传一个偏方就是要吊在这树干上，吊了才会直背，所以我叫人把我吊在这里。"

"是吗？我正好也是驼背，一直治不好，你下来让我吊吊可以吧！"那驼背小贩正因驼背几十年，做人难看，心里苦恼。一听这样的法子能治驼背，马上高兴地恳求他。

"那你把我放下来，我让你吊吊吧！"

于是驼背小贩把长工放下来，让长工把自己吊上去，长工就扬长而去。

财主吃过晚饭带着"狗腿子"来了，天黑下来，也没看清树上吊得还是不是长工。抡起斧头就砍，驼背在"唔唔"尖叫也听不清，也不理。几斧头就把树干砍断了，驼子随树干被河水一下冲走了。财主才觉得出了一口恶气，高兴地带着"狗腿子"回去了。

（四）去见海龙王

长工躲在远处看到这一幕，高兴地笑不拢口。接着眼珠一转，又生出一计，还要去捉弄一下这财主。

于是过一会儿，他大摇大摆地走到财主家，大声地叫："东家，我回来了！"

财主一看吓了一跳，明明看他随树枝落入河水中淹死了，怎么又活回来了。而且身上也没湿，人跟往常一样，忙惊奇地问："怎么，你没死？"

"没死，海龙王见我客气得很。见我来了，送很多金银珠宝叫我拿，我说不要，就直接回来了！"

"怎么不要，你带我去，拿来的金银我们平分！"财主又露出贪婪的本性，马上要长工带他去。

"哦，那好吧！"长工装作很勉强地答应下来。

于是长工叫他备好木盆水缸和木桨又来到河边，长工坐上木盆，叫财主坐在缸里，一起下水。他交代财主要用桨一边敲一边喊："海龙王！海龙王！"海龙王听到才会出来迎接。

财主相信他的话,用桨一边划水一边用力敲缸,长工用桨敲木盆,木盆敲不破,在顺水漂。而财主敲水缸,不一会就敲破了,财主落在水中,带着他贪心的发财梦,真的随河水去见了海龙王。

乞丐秀才与小姐

在油溪村一带,流传着乞丐娶小姐的故事。说是有一个小姐看戏,看到演小生的演员真标致,嗓音又甜,就心生爱慕。

于是一天,她就叫丫鬟环暗通小生来见面,约好当晚演完戏就带她"私奔"。小姐回去将衣物包装好,拿了些金银首饰,晚上一人来祠堂里看戏。

可是小生演完戏被同伴叫走,忘了这约定的事。人都走光了,弄得小姐在没有人漆黑的祠堂角落里孤零零地等。突然,她听到角落里有人走动,以为是小生来了,就马上说:"你来了,赶快带我走吧!"

那角落里是一个乞丐晚上睡觉的地方。这乞丐是个穷秀才,虽然饱读诗书,可是家里穷,没房没地。身上又长疮,一直不会好,弄得人人嫌弃。他只会读书不会生活,只好靠求乞度日,晚上借居在祠堂角落里安身。这天晚上演完戏,人都走完了他准备睡觉。忽然听到那边角落里有女的声音,他听了很高兴,说要让他带她走。他没想到还会有女的会跟他当乞丐的走,就马上应道:"好,这就走,我来背你!"就摸过去,把小姐背起就走。

天色漆黑,小姐也看不清人。乞丐秀才把小姐背到村里的水口山前边的亭子,坐下休息时天已微亮了,小姐才看清是个乞丐,大惊。乞丐秀才问:"你跟谁私约,却让我撞上,也是天意,你现在跟我走吧,我讨饭养你!"就又起身把小姐背着,走到一个山地,走不动了。乞丐秀才说:"你也饿了,我这里有点米煮饭吃吧!"就用身上的土罐支石头生火煮起来。

可是一会柴火没了，乞丐秀才起身去拣柴火。小姐看饭，只见一条乌蛇闻到香味过来，头伸进罐里吃，烫得跑走了。乞丐秀才回来，吃饭时小姐不肯吃，让乞丐秀才吃。心想只有让他吃这毒蛇吃过的饭死掉自己才能脱身。可是乞丐吃完却一点事没有，继续背他往前走。

没想到第二天乞丐身上的疮竟然都脱了，露出了红白的皮肤，也是个清秀的人。小姐想肯定是乌蛇的蛇毒有药效，治好了乞丐秀才全身的疮，一时很高兴，想想嫁这样的人也不差什么。而且现在也不可能再嫁别人，只有嫁他，这也是命吧。

小姐拿出了带来的首饰叫乞丐变卖，让他带她到一个偏僻的小庙里住。让乞丐读书，后来乞丐秀才果然不负小姐之望，参加乡试中举。接着进京赶考，中了进士，选了知县，衣锦还乡，带小姐去见岳父母。

小姐父母因为小姐出走而苦恼，没想到带了做官的女婿回来，欣喜万分。

狮子流泪

油溪村口的廊桥旁有一块形状像狮子的大岩石，从金锭峰下一直延伸到溪水边。

相传这原是一头狮子，一直生活在金绽峰上，经过千年修行成精了。它凶恶张狂，贪婪无比。有一年秋天稻子成熟时，它天天晚上出去，吃上屯何公煅田里的大禾。当地农民觉得奇怪，没有脚印，没有影子，可是田里的谷子就被吃了。

于是一天晚上，上屯许多农民拿着锄头、耙子等埋伏在田里。半夜时分，只见一头狮子从远处油溪村那边过来，走到这边田里张口就吃谷子。可是它一看见有人，马上撒腿就跑。农民们跟在后面直追，追到廊桥金绽峰脚下这个位置时，狮子却突然不见了，只看见一块大岩石卧在这里。

一位青年农民气得用锄头对着石头打下去，没想到这岩石正是狮子变的，锄头一下打到狮子的眼睛。据说把狮子的眼睛打坏了，从此狮子的眼中经常流出水来，是狮子的眼泪。不信，你走到这里来看，这块大岩石一年四季都是湿漉漉的。

当地人询问风水先生，风水先生叫顺着桥开了一条路到王家亭。迷信说是成了一条链子拴住了这头狮子，让它再也不能去外面行凶作恶了。久而久之再也变不回来了，就变成了这块狮子岩石。它无法作恶，只有天天暗自懊悔流泪。

松树林里葬大官

鸾凤乡饶坪村北，有一大片大松树林，约有2000株，非常茂盛、壮观。关于这片松树林，民间流传着一个故事。

传说这里是个风水宝地，葬有一位光泽籍的朝廷大官，所以松树林一直繁荣茂盛。很久以前，离这不远有一姓李的大户人家，他家有个风水先生。这位风水先生看好了后山的一条"龙脉"，就叫把李家的先祖墓迁到这里安葬。果然后代李家兴旺，一位子孙科举中第，出任朝廷大官。可是这位子孙的妻子因为丈夫长期在外，在家中感到冷清孤独，于是迁怒于风水先生。冬天，风水先生洗脸去锅里打水是冷水；去吃饭锅里是冷饭；晚上睡觉时，房中也不给生炭火，只好睡冷床。风水先生开始不知怎么回事，连着几天，就前去责问："主母，为何这些天让我洗冷水、吃冷饭、睡冷床？"这位李妻气恼地回答："你几天尚且受不了，要来问我。而我一个妇人家长年累月都是这样，我去问谁？""哦，是这样！"风水先生才明白原委。可是一直这样过来，严冬这样洗冷水、吃冷饭、睡冷床也受不了，风水先生只好对李妻说："你要丈夫回来，也很容易？""怎么容易？""只要你叫人在后面山梁中间开一道沟，你的丈夫就会回来！只是到时家中会有大难？你不要怪！""我不管，我只要丈夫回来！"

李妻果然马上雇人上山，将山梁中间挖了一道沟。风水先生听说，知道无可挽回，心里也很惭愧，马上卷起铺盖走人。李妻不管这些，心安理得地坐在家中等丈夫回来。

"龙脉"一断，果然李家就要开始走背运了。没多久，在朝的李姓大臣因为一事违忤了皇帝，被杀了头，棺柩送回家乡光泽安葬。

李妻在家万没想到，丈夫是这样"回来"的。后悔莫及，放声大哭，最后伤心之下上吊死了。

县令听了皇上旨意，不敢怠慢，忙叫风水先生到处选地，最后选在饶坪村这里为下葬地点。因为棺木里的头和喉咙都是金银，怕人盗棺。于是县令想了个办法，就做了36副棺材，叫288个"将军"（抬棺人）人抬到这里。为怕泄密把"将军"全部换掉，另外雇人，选了36个地方下葬。并在四周栽了很多松树，团团围住下葬地点，来混淆人的视线，让人不知道真正的棺木到底葬在那里。只有风水先生知道，要到下雪的时候站到乌君山顶往下看这片松林，林中有一棺木大小雪铺不起来的地方，就是风水宝地，就是李大官下葬之处。并放出话来，姓李的大臣是为了大家而被杀的，盗这样好人的棺会减寿。而且谁敢盗棺全家都要杀头，后代子孙就要倒运。

所以后来没有人敢来盗棺，这里的松树林就越来越茂盛。当地村民说20世纪40年代初，当地国民党荣兵院的伤兵砍这林中松树卖钱，最后一个个伤兵都遭受瘟疫而死。当地人们赶紧补种，几十年过去松树苗又长成了今天饶坪村这片茂盛的"风水林"，这个故事也一代代流传下来。

"虎形山"财主恶似虎

鸾凤乡饶坪村东北面有一座形似老虎的山,当地人称其虎形山。相传当年此山边住有一户姓杨的人家,主人叫"杨老虎",他财大势大,但为富不仁,欺霸一方。他家对面是梁家坊自然村,那边的人路过虎形山,他都要留下买路钱。当地很多村都有他家的田地和谷仓,所以他每天要骑马去各村巡视,而且是用毛驴驮谷仓钥匙,可见他家的谷仓之多。当地村民们都恨死他了,但都敢怒不敢言,在背地里咒骂他,却奈何他不得。

一天,他又骑马带驴前往各村去查田地和谷仓。路上,他想着自己现在有财有势,威风八面,人人见他都怕,越想越得意,于是忍不住在马上大声说:"人骑马,驴驮匙,哪个能叫我家贫!"话音未落,只听耳边有人大声喝道:"3年打死9个人,让你不贫也要贫!"

他闻声大怒,转眼一看,四下前后都没有人,觉得奇怪,不知是谁,敢这么大胆应他这个话。他气得加鞭骑马向前跑,只见路上有一个放牛娃,他不管这是不是放牛娃说的,一气之下,就上前去一顿鞭子把这放牛娃打死了。

打死了人,放牛娃家人不服,拦住他不放,并告到官府,县衙就派人来抓他。好在财大气粗,衙门上下都与他交往,没有怎么样他,只是叫他赔钱给死者家人。还要拿出了很多银子花边去送衙门人,才把这人命官司了结。往后三年,他果然又跟很多人纷争,先后打死了9个人,最后整个家当都赔光了。家势衰败了,自己也成了穷光蛋,应了神明当时之语。

于是当地有人说:"虎形山,吃人山,恶人自人恶人磨!"这虎形山这里从此再也没有人居住,只留下这个故事。你来到这里,村民都会说给你听。

吹 牛

从前,坪山有三个女婿到丈人家做事,晚饭后无事就开始闲聊,互相吹起牛来。大女婿说:"我前年到北乡做生意,看到一面老大的鼓,敲一下从初一响到了十五。"二女婿说:"我去年到西乡买东西,看到一个大洗澡桶,300人在里面洗澡还打水战。"三女婿跟着说:"我没看到你们那么大的东西,只是我家的母鸡昨天生了个斗大的蛋。"大女婿二女婿都知道他在吹牛,想揭穿他,就说:"我们看到的东西很远去不成,明天就到你家去参观一下斗大的鸡蛋!"

三女婿吹了牛收不了场,当晚在床上翻来覆去睡不着,半夜偷偷地跑回家,与老婆商量该怎么办法。他老婆想了想,说:"你先回去,叫他们明天来,我自有办法对付。"他知道老婆历来反应机敏、聪明能干,就放心地又回到了丈人家去睡觉。

第二天一早,三女婿带着姐夫回家。午饭时,三妹端出一盘干瘪豆子招待他们,姐夫问:"怎么是这样的豆子?"三妹道:"邻村一条老大的牛,隔河把我们这边好豆子都吃了,剩下就是这样的豆子。"

"怎么有这么大的牛?"

"怎么没有?没有这么大的牛,怎么有那能蒙从初一响到十五大鼓的牛皮?!"

大姐夫哑口无言。

一会,三妹又端上一盘老兜的笋,二姐夫问:"这笋怎么这么老?"三妹道:"这笋我找了七排山还没找到笋尾呢!"

"怎么会有这么长的笋?"

"怎么没有?没有这么长的笋,就长不了那么长的竹,也就破不了那能箍300人在里面洗澡打水战的洗澡桶竹篾!"

二姐夫也无言可对。

穷小子娶富千金

从前武林（武陵）有一户穷苦人家，家里有5个儿子，虽然个个勤劳能干，但还是日子艰难。住的是芦苇盖顶的破竹棚，都到了适婚年龄却娶不上媳妇。

这家邻居是一位心地善良的私塾先生，对他们家的情况很是同情，有心想帮他们一把。一年，他到很远的一个村庄教书，听说这村里一位财主家的千金要寻夫家，条件是门户相当的人家。私塾先生想了想，就上门去为穷人家的大儿子提亲。财主问："这家的家势如何？"私塾先生回答："说起这家，每天5个'水碓'打米，5只'鸭姆船'装盐还不够吃。住的房子是千根柱子落地，上盖琉璃瓦，开着千口天井。贵客临门，爆竹声声。"财主一听："这家好气派！"当即满口答应下来。私塾先生顺势问："你家拿什么陪嫁？"财主心想我要多陪些财物，免得被亲家小瞧了，想了想就忍痛地说："我陪田庄一座，好地百亩。"于是婚事就这样定下来。

成婚那天，财主亲自送女儿过来，可是一到男方家，看到是个穷得叮当响的人家。当时气得火冒三丈，揪住私塾先生便要打，责问他为何骗自己。私塾先生不慌不忙地回答："我讲得句句是真，你听哪句不对。5个'水碓'打米不够吃，是指他5个儿子拼命干活还赚不到饭吃。5只'鸭姆船'装盐不够吃，是指他家5只母鸭生蛋还换不来盐吃。住的房子千根柱子落地，是指他家小竹编插的墙壁，上盖琉璃瓦开着千口天井，是指他家芦苇棚顶稀稀疏疏，像开了天井一样。贵客临门爆竹声声，是指客人推门进来，竹屋直响。这些都没错吧！不是你亲口答应的吗？怎么能说是我骗你呢？"

财主听了哑口无言，明知是这私塾先生作弄了他，但事到如今也无可奈何。因为在当地结婚时退婚是一件很丢脸的事情,女儿以后不好再嫁。因此财主只好"哑巴吃黄连,有苦说不出",说服女儿,将"富千金"嫁了这家的"穷小子"。

雷打不孝子

传说古时镇岭有一户人家,丈夫早逝,留下孤儿寡母。年轻的母亲含辛茹苦,一把屎一把尿地把孩子拉扯大。因为是孤儿,母亲对他百般呵护,娇生惯养,自己再苦,也不让孩子受一点委屈。久而久之,孩子养成了衣来伸手、饭来张口的坏习惯。

后来孩子慢慢大了,母亲渐渐老了,身体不好了,路也走不动,眼睛也瞎了,需要孩子赡养。这孩子虽然成人,但很不孝顺,小时母亲的照顾觉得理所当然,母亲老了他却不想赡养,甚至动不动就打骂母亲,自己外面花天酒地,却常给母亲吃剩饭馊菜。

一天,他在外头买了一块油饼津津有味地一路吃回来。走进家中,不小心把油饼掉到尿盆里,他赶紧捡起来,丢了觉得很可惜。这时恰好坐在床上的母亲向他要吃的,他想也没多想,就顺手把油饼递给母亲吃。母亲接过,觉得油饼很臭不想吃,就问他道:"孩子,这油饼怎么这么臭?"他听了恼羞成怒:"你这老不死的,让你吃油饼你还嫌七嫌八,你要吃就吃,不吃就饿死你!"边骂边往外走。母亲被骂得泪流满面,但肚中饥饿,无奈之下也只好咽着泪水把油饼一口一口吃了下去。

古话说:为人处世休瞒昧,举头三尺有神明。他刚跨出家门时,一个响雷就在他面前炸响。他吓得忙缩回家。听到没再有动静又想出门,可是刚跨出门槛高,又是一个响雷在他面前炸响。他吓住了,心想是自己的不孝触怒了神明,于是深深反省,向母亲忏悔,回想往事,母亲为抚养自己确是付出很多,而自己对母亲太不孝了。于是痛改前非,从此孝顺母亲，成为远近有名的孝子。

张姓人发家

相传很久以前，鸾凤乡崇瑞村有一户张姓人家，丈夫早逝，只有孤儿寡母，单家独户在这里居住，家境贫穷。

一年大年三十，母亲把家中仅有的一只母鸡杀了炖好，准备晚上过年吃。当天傍晚，来了一个老乞丐，穿着破烂，身上散发着腐臭，伸出一个破碗，向母子俩讨吃的。母亲心里善良，叹了口气，道："还有比我们更可怜的人！"于是请乞丐入座，一起吃年饭。把鸡分给老乞丐吃，他也没客气，几下就把整只鸡吃了。

吃完饭，老乞丐要走时，突然下起大雨，一直不停。老乞丐走不了，这位母亲只好将家中侧房一张床让出来给他睡。第二天，大年初一，家家都放炮开门。这家母亲起来，推开侧房的门，准备叫醒老乞丐，没想到老乞丐竟已死在床上。这位母亲心里很难过，大年初一，又不好叫旁人帮忙抬出去，也不忍心老乞丐就这样草草抬出去安葬，想想就将家中原准备给自己百年后的寿材装殓了老乞丐，停在侧房中，打算等过完年叫人抬出去安葬。

没想到当天晚上，侧房中的棺材内一直响个不停。这位母亲和儿子却吓得要死，一夜未眠。第二天一早，他们推开房门，掀起棺材，发现竟都是银子。原来老乞丐是财神，下凡来是为了试试人心如何。老乞丐试了几家，都讨不到吃的。唯有这家孤儿寡母善良，请他吃鸡，让房给他睡，他死了还用自己的寿材收殓。财神很感动，所以放下这些银钱送给这家母子。

这家母子跪地向天叩谢了财神。他们用这钱盖了大房子，给儿子娶了媳妇。从此家中富裕，子孙繁衍，家族渐渐壮大起来，成为当地的望族。

三兄弟应梦落脚

明朝正统末年,一家黄姓三兄弟因家里贫穷,又饱受当地豪强的欺凌,所以决定一起离家出走,去外地发展。

可是哪里是落脚的地方?到哪里可以安身立命?他们只是盲目地走,不知何去何从。

他们一路向东南方行走,走过了一天又一天,走过了一山又一山,跨过了一河又一河,终于有一天,走到了光泽的地界。他们到县城时,天已经黑了。当晚,他们就借宿在县城中心的城隍庙里。他们向城隍菩萨祷告,祈求指点安身的去处。

第二天一早,老大说:"昨晚我梦到城隍菩萨带我到一个有山有水、中间有一大块平地的地方!"

老二说:"我也做了个梦,梦到城隍菩萨带我到一个庙前有街、街上有热闹商店的地方落脚!"

老三说:"我就更奇怪了,梦到城隍菩萨带我去找一个叫'交椅窠'的地方安家!"

他们三人合计,决定寻找梦中神明指点之地安身。

"请问哪个地方是有山有水、中间有大块平地?"老大问当地人。当地人指点城北5里有一个地方叫坪山,正是有山有水、中间有老大一块平地。于是老大告别了老二老三,动身前往坪山,在那里落下脚来。

老二也在城里走了一天,到处寻找梦中之地,最后找到了城西寺前街(今武林村地界),此街后面是龙兴寺。寺庙前有街道商店,人来人往,正是梦中神明所述之地,于是就在这里安下家来。

"我要去找叫'交椅窠'的地方!"老三向城南面走去,走到云岩山脚下的山窠,发现两边是山峰,两条溪水交织在前面,地方宽阔,有山有水，问当地人，得知这里叫交椅窠。于是老三在这里停下了脚步。

此后，老大在坪山开山种地，盖房建屋，娶妻生子，繁衍后代，渐渐发达起来。后来盖起了祠堂，人丁兴旺，不少后代迁往各地发展。

老二在寺前街开店做生意，渐渐成了富商，曾一度买下了西关半条街的住房和店面，被人称为"黄半街"，还出钱盖了宗族宗祠等。

老三也不差，在交椅窠以种茶为生，儿孙在那儿代代繁衍，后来也盖起了大房子，买了上百亩田地。

三兄弟本是一家，所以三家人数百年来常有来往，清明时一起祭祀祖先，家族发展很快。黄姓一族渐渐成为光泽当地的望族。

"柴伢则"气死"邱百万"

不和哪个年代，邱氏家族中有一个卖柴为生的伢则。他幼年亡父，母子相依为命，12岁时就开始砍柴卖为生。每天，他砍一担柴挑到城里卖，卖三个铜钱。他用二个铜钱买饭吃掉，一个铜钱买饭带回去给母亲吃，这样一天天过日子。

县郊一个邱姓的大财主，他城里有商店连片，房产无数，乡下还有大量的田地收租，人称他"邱百万"。可是他勤俭持家，吝啬成性。身上穿得破烂，嘴里吃得清淡，一个铜钱恨不得分做两个花。

"邱百万"看到这卖柴的伢则天天担柴来卖，到手后三个铜钱就马上吃掉两个。心里认为这小伢者这么劳碌贫穷，还不会节省，怎么会发家。出于都是邱氏家族人的同情，他对这伢者说："你天天吃光用光，不砍柴了你怎么办？"

"我不吃，肚子不饱，怎么砍柴挣钱养我妈？"伢则顶撞他。财主生气了，说："你吃光用光，一辈子打精光！"

"我吃光用光得到了吃，想吃的都吃了。你就没有吃的命，空有百万却啥都不舍得吃,抠门精,最后抠死自己!"这伢则回嘴呛他。

邱百万听了更气了,心想:我一辈子节俭,连个砍柴伢则都看不起我,我当这个财主还有什么意思。于是当场掏钱买了一只炖好的母鸡吃,要让这伢则看看我有没有的吃。

可是他气乎乎地正吃得带劲时,突然,一根鸡骨头插入他的喉咙,来不及喘气和抢救,就被这骨头卡死了。真没想到,抠门了一辈子,想开来吃点好的,却送了命。

迁坟打官司

城郊一户有官姓人家,家财丰盈,有钱有势,娶了一位邓姓的女子为妻。

当时邓家穷,没有什么东西可以作为女儿陪嫁。官姓人家知道,说邓家对面的凤形山风水很好,只要这座山作为嫁妆就可以了。

邓家的山很多,并不把一座山当回事,于是爽快地答应了。

许多年过去后,官家兴旺,家族中许多人当了官。邓家也发达,经商赚了不少钱。有一年,官姓祖宗去世,他死前交代要把他的墓安在邓家这座山上,于是后人遵照遗嘱将他葬在这里。

可是下葬后没多久,邓家人发现家里事事不顺,就怀疑是官家人的墓地破坏了他们邓家人的风水,于是叫官家人迁坟。可是葬下了先人如何再迁,官家人自是不肯,说:"这山是陪嫁,就是我们官家的,凭什么不能葬先人!"

两家人到县衙打官司,结果县官的判决还是维持原样。为此两家一直不和,直到很多年后,科学发达了,他们才明白家族的发达与风水迷信没有关系,两家人才渐渐释怀言和。

高侍郎状告吴尚书

在鸾凤乡中坊村，民间有一个"高侍郎告倒吴尚书"的故事，虽然故事内容是虚构，但流传很广。

传说很久以前，黄岭有一位吴姓官员，他勤于政事，官运亨通，最后官至工部尚书，这在当地可是一件不得了的事。有一位高姓官员，也非常努力为政，官至朝廷工部侍郎。高姓侍郎与吴姓尚书同村同乡同朝，又是上下级，两人关系本应很好。可是他们相互不和，勾心斗角，闹得水火不相容，满朝皆知。

一年，吴尚书还乡，正值春夏之际，富屯溪洪水泛滥，到处受涝。因为没有水堤、水坝、水渠等防护排水设施，正在生长的稻苗全部被淹，很多田地被冲成沙滩。吴尚书见状心里很难过，他想为自己的家乡做点事情，于是从自己的俸禄积蓄中拿出银子，捐给村里建水利设施。很快，一排排高大的水堤、水坝、水渠在沿河田地周围建起，能够保证旱时蓄水、涝时排洪，以及村中庄稼田地的灌溉。

高侍郎在朝误听人说，吴尚书在家乡建"水城"，阴谋屯兵谋反。当时也没有厘清事情的真伪，马上向皇帝告了高尚书一状。皇帝一听："想屯兵谋反，这还得了！"就宣召当地知府来问，当地知府也不知内情，只道听人说吴尚书在家乡建"水城"，具体什么情况也不清楚。皇帝大怒："这应该不会错！"于是宣召吴尚书火速回朝，不由得他分辩，就立即将他斩首示众，皇帝的怒气才消。

不久后，皇帝听说，吴尚书当初在家乡建的是水利设施，不是城池。于是派人去中坊村了解，发现果然只是水利设施，是为了灌溉庄稼，而不是屯兵造反。建得那水堤、水坝、水渠一条条、一方方，外人不懂，误以为是"水城"，以至以讹传讹，送了吴尚书的命。皇帝听了回报，知道错了。对误杀了吴尚书这件事非常后悔,为了表示歉意,皇帝将告状的高侍郎撤了职,打了五十大板,勒令其还乡为民。并将吴尚书的尸身,送回家乡中坊安葬。

吴高二人,在朝本有大好前程,却因为不和,闹出了这场悲剧。当地人都常以这个故事告诫后人要以和为贵,注意邻里团结,否则将两败俱伤。

用虱子换公鸡

从前,鸾凤某村有一个游手好闲的无赖,不务正业,到处骗吃骗喝。

一天,他逛到一户人家门前,看到这家孩子正在换衣服,衣服上有一只特大的虱子。他眼珠一转,计上心来,上前就把这虱子抓下来。

然后无赖走到另外一家,正巧这家主人在喂鸡。他对这家主人说:"我刚从某家来,某家孩子身上有一只虱王,被我买来了!"那主人一听,觉得惊奇:"还有虱王?"就请他拿出来看看。于是他从口袋掏出虱子给主人看,只见虱子不动,就说:"虱子饿了,想吃东西!"主人调笑地说:"想吃,就让它吃鸡食吧!"于是捏过虱子放在地上,没想到马上有一只大公鸡伸头过来一下把虱子啄食了,拦都来不及。

无赖见状大叫:"我花了大价钱买的这只虱王被你的鸡吃掉了,你要赔我!"那主人开始也是一时凑趣,没想到竟惹出事来。只好说:"一只虱子而已,你要怎么赔?""你这只大公鸡必须赔我,不然我就天天在你家吃饭!"主人不肯,但知道他是个无赖,拿他没办法,只好"哑巴吃黄连",把大公鸡赔给他,打发他走了。

这无赖用一只虱子换了一只大公鸡,美美地吃了好几天。

香菇客杀四虎

清康熙年间，有三人自浙江到鸾凤饶坪村的乌君山中种香菇，他们在山中搭棚子而居，每年冬来夏去。

一年冬十一月再来时，见两只小老虎仰卧在香菇棚内，他们吓得要马上返回。一人制止说："不要走了，假如遇到母虎我们三人就完了。"于是他上前，用斧头轻易地杀了两只乳虎，马上闭门。

母虎回来，嘴里衔着一头野猪。门关着进不来，母虎就用后臀挤门闯入。这时这人突然开门举斧用力砍中母虎后部，母虎痛得大叫狂奔，嘴里的野猪掉了也不顾。跑了一里多路撞到公虎，公虎出其不意，与母虎相斗乱咬，最后都死在地上。

一时间死了四只老虎，还得一头野猪，真是奇事。坊间人说：人用力少而能杀多虎，实乃天助。

独特的民间风俗

油溪"七夕"的"量桥"

"量桥"

每年农历七月七,就是民间传统"七夕"的夜晚,鸾凤油溪有在廊桥上举办"量桥"活动的风俗。

"量"是当地方言"走"的谐音,"量桥"即走桥。父母桥、夫妻桥、子孙桥,是当地民众要过的三座桥。当地人认为,一年过一座,三年过完三座桥,就能父母健康、夫妻和睦、子孙平安。也可隔年"量桥",也可以视家人情况而定过桥顺序。其中夫妻桥就是油溪承安廊桥,每年"七夕"凌晨1点到3点,当地民众就会从四面八方到桥上"量桥"。长久以来民间形成了一套固定严谨的"量桥"程序,还有专门的司仪指导。一般是从凌晨开始,开始还要举办一定的祭祀仪式,走的时间、排列顺序、中间过程、走完围成一圈结缘的形式等,都有讲究,由桥首负责安排。千百年来,"量桥"成为当地民众的一种传统习俗。2019年2月25日光泽的"量桥"习俗被列入"福建省非物质文化遗产项目名录"。

独特的民间风俗

说起这"量桥"习俗的来历,鸾凤油溪民间还流传着一个动人的故事。

相传,从前鸾凤油溪一位当地青年,一直跟随父亲经商谋生。后来父亲年高回乡养老,他也跟着回家娶妻生子。妻子美丽贤惠,儿子乖巧聪明。可是家中没有进项,开支日渐紧张,过去的一点积蓄眼看就要坐吃山空。为了一家人的生计,青年必须外出经商,挣钱养家。于是那年年初他用家中的最后一点钱置办了一批货物,告别了家人,一个人外出。在外的他四处奔波,起早贪黑,辛苦万分,而且省吃俭用,把挣的钱都积攒起来。由于他善于经营,精于计算,生意做得很好,很快就积蓄了一大笔钱。到年底,他准备回家时,由于长期奔波劳碌,身体日渐衰弱,经不起风寒侵袭,病倒在客店,没想到这一病就是大半年。店主见他为人忠厚,做生意本分老实,又一个人孤身在外,对他非常同情。帮他请医看病,炖药送水,喂饭换衣,让他安心休养。

再说他走后,很久没有回家,也没钱寄回来。父母年老,妻子年轻,孩子幼小,家中日益贫穷。妻子只能在家种菜,年老的父母每天挑菜到集市上卖,以此为生。他家门前是一条大溪,来往都靠一条破船过渡。第二年春夏之间发大水,父母早上挑菜渡溪到对面集市上卖,可是过渡时船被风浪打翻,父母双双淹水而死。公婆没了,家中没有依靠,年轻的妻子也只好带着年幼的儿子日日挑菜到对面集市上卖,挣些钱回来度日。可是祸不单行,没过多久,一天,妻子照常带儿子过河卖菜,没想到渡船碰上河中的礁石,船翻了,母子双双溺水而亡。这家人接连的悲剧,邻里皆知,闻者都流下同情的眼泪。

那年夏日,青年感到身体稍好,思家心切,就打点行装,将一些银子酬谢店主后,就带着做生意挣的很多银钱日夜兼程赶回家来,想给家人一个惊喜。没想到走到家门时,远远看到房屋破败,荒草丛生,好像没有人居住。他觉得奇怪,叫了几声"爸""妈"和妻子、孩子的名字,可是没人答应。他很惊慌,到邻居家询问,才知这一年多里家中连遭横祸,父母和妻子儿子都溺水而亡。他万分悲苦,痛不欲生,仰天惨叫道:"苍天啊，为何我家连遭不幸，为何我的亲人惨遭横死。我奔波在外，辛苦挣这么多钱又有什么用呢？"

他举目无亲，无家可归，心中痛悔万分。他想了很久，最后决定，为了不让更多的人遭遇过河溺死的悲剧，他将带回的钱在这大溪上建桥，让人们可以安全过往。因为家中三代死于水中，所以他选了在家前面的大溪、小溪和妻子娘家的大溪上建，一共建了三座廊桥，祈愿三代人从此可以过渡平安，为所有男女老少可以遮风挡雨和提供休息之所，过河时再无危险。三座桥建好那天，正是农历七月七，当晚"七夕"，天上牛郎织女相会，人间美满幸福。月亮升起，无限美好，青年独自走到桥上，回想到家中亲人，心中悲痛万分，最终他选择投河而死，追随他逝去的亲人。那晚，当地许多人梦到他说："这三座廊桥一座为'父母桥'，一座为'夫妻桥'，一座为'子孙桥'，每人一生要走过这三座桥，从此以后，就会父母健康长寿，夫妻和睦幸福，子孙繁衍发展。我保佑人们，实现自己的心愿。"后来这个习俗从光泽流传到其他地方，在更大范围内"量桥"。人们对此很慎重，专门形成了一套规范的走桥程序，也就是"量"。虽然父母桥、子孙桥都有变动，但夫妻桥依然在油溪。

从此，油溪当地"七夕"就有了这个"量桥"的习俗，成为当地人的一种信仰。鸾凤每当"七夕"夜晚到来，就会有成百上千人从四面八方来到这油溪承安桥等三座桥上"量桥"，并将这个悲情动人的故事一直流传下来。

▎独特的民间风俗

田公元帅与三角戏

三角戏

　　三角戏是鸾凤乡独有的一个地方剧种，流行于鸾凤乡的各个村庄。

　　传说很久以前的一个月夜，鸾凤君山村有个财主家的一个小长工和一个小丫鬟忙完无事，就在财主家的后院里学演白天看的民间采茶戏。恰好那晚戏剧祖师田公元帅从江西前往邵武，路过光泽，隔墙看到院子中这一对青年男女在学戏，就停住脚步看了一会儿。他觉得这一对年轻男女虽然演技没有入门，但一招一式倒很像回事，有点演戏的天赋，所以一时兴起，忍不住推开院门进去，问："小哥小姐，对演戏这么爱好，是不是想学戏？""是啊！""那为什么不请人来教？""我们想学，可是这里没人会教，所以只好自己学演，不成样子。""老夫对戏也颇有兴趣，但没时间在这里久留，今晚遇二位也算是有缘，没有道具、乐器，我就清唱教你们演个小戏吧！"一番对答后，这小长工、小丫鬟大喜过望，连连道谢。

于是田公元帅就在院子里教起来，他扮生，丫鬟扮旦，小长工扮丑。在狭小的院子中间边教边演，配上采茶戏的曲调。约莫两个时辰，小长工和小丫鬟都学会了以后，夜已更深了，田公元帅起身告辞，小长工和小丫鬟感激万分，将田公元帅送了很远。

　　田公元帅教他们学会演了这个小戏后，这一对年轻人就辞去了财主家的活，以这个小戏为生，到乡村人家中去演。两人还以这小戏为本，衍生出很多剧目，不断改进、加工、完善，使小戏内容更符合民间喜好，更有地域性。他们在曲调、对白、道具、乐器等方面也做了改进，使这小戏越来越丰富，越来越完美。

　　这小戏角色少，开始只有两三个角色，后来多些，三五人、七八人都能演。演出场地也小，走台步常为三角形，所以被称作"三角戏"。三角戏在清朝、民国年间是福建乡村最受欢迎的地方戏种之一。当地有民谣唱道："没有皇帝没有官，农民越看越心欢。""村里来了三角班，锄头耙子扔到光。""村里来了三角班，家中门窗忘了关。"中华人民共和国成立后，三角戏在鸾凤乡村的油溪、坪山、君山、饶坪等村依然盛行。油溪村的傅山东是当地有名的三角戏大师，带出了徒弟无数。2010年7月，三角戏被列入"南平市非物质文化遗产项目名录"。

独特的民间风俗

上屯茶灯舞

茶灯舞

　　鸾凤乡上屯村以前到处是茶山，当地人以种茶为业。每到采茶时节，村里的姑娘们就头戴包巾，腰系绿裙，手拎茶篮，唱着采茶歌上山去采茶。她们配合采茶的动作，创编出一套歌舞，当地人称"茶灯舞"。2015年"茶灯舞"被列入"光泽县非物质文化遗产项目名录"。

　　关于茶灯舞的来历，当地民间流传有一个凄美动人的爱情故事。

　　相传很久以前，有一位采茶姑娘叫茶妹，她美丽多姿，聪明灵巧，茶歌唱得特别好，人们都称她作"茶山的百灵鸟"。她与同村一个小伙青梅竹马，两小无猜，恩爱非常。可是没想到快成亲的那天，邻村一位财主路过上屯的茶山，听到山上传来优美的茶歌，走上去看到正在采茶的茶妹，一下被她的美貌倾倒。于是托人带着厚厚的聘礼到茶妹家，要娶茶妹为妾，茶妹誓死不从，将聘礼、银钱都摔出门去。财主恼羞成怒，知道小伙是她的心上人，就心生毒计，勾结官府将那小伙送去边关服役，让他长期外出不归，以此逼茶妹屈服。

茶妹知是财主毒计，仍然不肯就范。面对财主天天逼婚，她以死抗争。财主无计可施，最后只好死了这条心。

茶妹佳期无望，日日站在茶山上以泪抹面，悲痛万分。她遥望远方，思念心上的人，期盼有一天小伙能回来。她把满腔情思化作茶歌："春季到来茶满山，茶妹日日思情郎……"一首首茶歌如诉如泣，让人听了心酸，一起的采茶姑娘停了都落下眼泪来。于是大家齐声唱和，边采茶边唱，配合采茶的各种动作。歌声动听，姿势优美，最后形成了一种特有的采茶舞蹈。

小伙最终没有回来，茶妹把一腔的情思化在这采茶舞中。她带动一班采茶姐妹无论是白天在山上采茶，还是夜晚在家中都时时练习表演，并不断对这采茶舞进行改进。她们还改进了服装、装饰、道具样式等，晚上不好演，她们又制作茶篮灯，配以乐器伴奏，并在曲调和舞姿上不断改进提高，加以念唱做打等表演形式，到处传播，形成了上屯油溪一带独有的茶灯舞流传下来，并渐渐在其他地区流传开来。今天，不管是在采茶季节的山上，还是在乡村的大型集会上，都能看到当地采茶姑娘的茶灯舞表演。

新娘"回门"

鸾凤乡村民间有姑娘出嫁第二天，携夫婿回娘家拜见父母长辈的习俗，这就是有名的新娘"回门"风俗。关于这风俗的由来，在当地百姓中流传着一个感人的故事。

相传很久以前，当地有一户人家，家中母亲早逝，父亲眼瞎，只靠一个十来岁的女儿替人缝补浆洗、纺线绣花挣钱过日子，生活得非常艰难。但这女儿非常贤惠孝顺，天天为父亲端茶送水，倒屎倒尿。好吃好穿的都让给父亲，把坏的差的留给自己，左右邻里都对她赞不绝口。转眼，这姑娘到了适婚的年龄，虽然有不少人上门提亲，但因为民间习惯姑娘出嫁后不能与娘家人住在一起，为了不使瞎眼的父亲日后孤苦伶仃、无人赡养，她不愿早早出嫁，所以拒绝了所有求婚者。

常言道：男大当婚，女大当嫁。天下做父亲的哪有不疼女儿、不知女儿心的道理。为了不耽误女儿的终身，瞎眼的父亲托人为她物色了一位穷家小伙子。成婚那天，迎亲的队伍来了，女儿痛哭流涕不肯出门，要守在父亲身边。父亲百般相劝，说："婚嫁是人生大事，你今天可先去行了婚礼，日后天天回来看我，不是也像在我身边一样吗？况且父亲虽然瞎眼，但生活还能自理，邻居也会帮衬。你不要牵挂，明天回家来吧！"事到如今女儿见无法推托，当下就俯身拜了又拜道："父亲保重，女儿明日一定回来看你！"说罢才含泪一步一回头地跟着迎亲队伍走了。

第二天，女儿与夫婿收拾了几样父亲爱吃的食物，早早赶回家来。但一进门却看到瞎眼的父亲已吊死在床杆上。原来父亲自知离开女儿就无法生活，又不愿拖累女儿，为了让女儿没有牵挂好好过日子，所以选择一死了之。女儿也知道父亲的心思，悲痛地哭得死去活来。在邻人的劝阻之下才止住了哭丧，好好地将父亲安葬。

从此以后，鸾凤乡村的姑娘出嫁都有第二天"回门"的习惯，一来表示不忘娘家人，二来也确是挂心娘家。这"回门"的风俗与这个动人的故事，也一直这样流传了下来。

过年"请新姐夫"

鸾凤乡村有过年"请新姐夫"的风俗，至今还在当地百姓中流行。

这里所说的"姐夫"专指女婿，"新姐夫"是指当年结婚的女婿。当地乡间称女婿为"姐夫"，那么为什么女婿又称"姐夫"呢？为什么过年要"请新姐夫"呢？这其中有一个动人的故事。

相传很久以前，鸾凤乡村有位贫苦农民，老两口没有儿子，只有两个女儿，大女儿早早嫁到很远的地方，没再回家。小女儿仍待字闺中，已到了适婚年龄。女儿大了总要出嫁，而且当地的宗族规矩是不能招外姓上门女婿，怕将来本姓人的财产被外人继承。可是这家老两口年纪越来越大，而且相继得了重病，没办法劳动，也没人照顾，长此以往家里的生计该怎么办？不久小女儿与一位外姓年轻人相爱，这男青年是孤儿，为人厚道，答应做上门女婿。父母和小女儿苦思，怎么把这年轻人留在家里，如何过宗族这一关？左思右想也没办法，老两口借着过年之机，在家草草地办了一桌酒，让小女儿和这外姓年轻人拜了天地。当他们不敢请人，也不敢办结婚仪式，对外也不称这年轻人女婿，只是跟着小女儿叫"姐夫"。说是外地的大女婿来家帮忙，过一段要回去。"姐夫"帮着耕田种地养家，照顾年老多病的岳父母，含辛茹苦。常言道："女婿是半个儿"，这个女婿比儿子还尽孝心，为这个家一生辛劳，让外人都深深地感动。"姐夫"把这家老两口照顾到百年之后，自己也老了，最后也在这里去世。当地族人早知道这"姐夫"是女婿，但这家的状况别无他法，所以不能以陈旧的族规来要求这家。况且这个上门女婿勤劳厚道、对人和善、孝亲爱老，因此族人对这家的上门女婿以"姐夫"这种称谓默认下来，只是彼此心照不宣而已。

从那以后，为了纪念这位上门女婿照顾岳父母一生感人的故事，旨在教育现代女婿要以当年"姐夫"为榜样，对岳父母如同自己的父母一样，弘扬这种传统家庭美德。所以在当地每到过年的时候，当年结婚的女儿女婿"回门"，岳父母便要"请新姐夫"，表示认下了这个女婿家人。新人要去亲戚家拜年，每家亲戚也一定要请"新姐夫"，表示从此便与这位女婿是亲戚。这在当地是一种重要的习俗，不论是贫穷还是富贵人家都不能少。而且当年的"新姐夫"到家时，岳父母一定要站在大门口，放鞭炮迎接同时备好丰盛的酒菜要让"新姐夫"坐上席，谁都不能坐，包括其他"姐夫"。家人和亲人要轮流向"新姐夫"敬酒,"新姐夫"即使不会喝酒也不能不喝,不喝就视为对岳父母的不敬,而且不醉不能下桌。遇亲戚多的女家,"新姐夫"可能一个正月都在喝酒,每个亲戚都要轮流请。虽然酒喝得辛苦,但"新姐夫"心里依然高兴,因为这是一种风光礼遇。

而请"新姐夫"是新婚第一年才有的风光。"请新姐夫"给女婿做足面子,也让女婿从此完全融入女方一家中,明确自己今后的责任和义务。这个过年"请新姐夫"的习俗在当地一直流传,如今过年时你在鸾凤的乡村依然到处可以看到。

"新年送柴(财)"

在西路鸾凤一带的乡村流传着一种"过年送柴(财)"的习俗。柴火做饭,家家户户都需要,特别是过年,都要备好一个正月的柴火。更有一些柴农,年前上山砍了很多柴,过年挨家挨户送柴火,谓之"送(财)"。送来就要收,每家是不能把送上门的柴(财)推掉的。

说关于"过年送柴(财)"习俗的由来,当地流传着一个故事。

传说很早以前,西路一带的乡村都很穷苦,许多人种田之余,还要上山打柴卖,来维持一家的生计。一年灾荒,粮食歉收,很多人食不果腹,过日艰难,家徒四壁,都没有一点吃的。这年过年,大雪封山,上山砍柴的柴农顶风冒雪把柴砍下山,可是柴火却没有人要。有的送到财主家,财主不但不买,还要嘲笑柴农一番。柴火卖不出去就没有钱过年,柴农个个愁眉苦脸,不知怎么办才好。

这时,有一个姓傅的秀才看不过去。他很同情柴农,对财主家不买还要嘲弄柴农的行为感到十分气愤。他想了很久,想出一计。大年初一那天,他就叫柴农都挑上一挑柴火跟他走。走到一个财主家,他叫一个柴农跟他进去，他先向财主拱手道一声："恭喜，过年发财！"接着说："我给你过年送柴（财）来，你要不要？"财主一听，见后面挑着柴的柴农，心里明白，知道是秀才变着法儿叫他买柴，便不作答。秀才在当时是有功名的人，不能轻易得罪，况且他说的是过年吉言。说送"柴"就是"财"，无可挑剔。于是财主只好赔着笑脸，连忙说："要柴（财），要柴（财）！""要就拿钱出来！"柴农的一挑柴就这样卖到了财主家。

如此这般，柴农们以比平时多一倍的价钱将所有的柴火都卖给了财主。柴农个个喜笑颜开，而财主个个"哑巴吃黄连"，有苦说不出。

从那以后，当地就形成了"过年送柴（财）"的习俗。过去快过年时，很多人家就备好过年正月的柴火，多了就拿去卖。过年柴（财）到谁家的门，主人都得收下来，怕断了"财"路，这个习俗就这样一代代流传了下来。

擂茶的"叫茶"

到过鸾凤乡村的人，留下记忆最深的恐怕要数擂茶。其制茶讲究技巧和饮茶风俗，特别是色香味和功效等，让你感受到山乡这独特浓郁的擂茶民俗文化。

据光泽有关资料记载："乡间邑人待客佐以'药茶'，为茶内入药草，擂棒钵工具而制。其味香醇，有解饮去病功效。"擂茶制作用料很讲究，这里农家都有种茶的习惯。用自家产的上好茶叶，按一定比例加入大米、豆、花生、芝麻、甘草、菊花、艾叶等中草药，放进当地人家都备有的陶制土钵（又叫擂钵），用茶枝做成的圆头木棒（又叫擂棒），加少许水，细地研碎，磨成泥状，这一步很费功夫。然后倒进茶钵里，冷饮用山泉水冲泡，热饮用开水冲泡，放置沉淀，即可饮用。色泽呈棕红，清冽甘醇，香气四溢，喝后甜润在口，余味无穷。有提神舒气、祛风散热、养胃健体等功效。长期饮用强身健体、延年益寿，所以千百年来在民间广为流传。

独特的民间风俗

关于擂茶的来历有一则传说,相传很久以前,在西路鸾凤有一位姓雷名茶的畲族老人,他独身一人,心地善良,乐于助人。一生以种茶为生,颇通医道,经常替人看病不收分文。他家门口是一条官道,每天人来人往不断,常有行人因风餐露宿、饥渴难耐而患病于途中,晕倒在路上,痛苦万分。他看了心里难过,总是把病人扶到家中用草药医治调养,让病人很快康复。后来他干脆在家门口支上炉灶,每天烧上一大锅开水,放入茶叶,以及一些祛风散热消暑的中药,让行人随便喝,既解渴又防病,很受人欢迎。他为了减少草药的苦味,让茶好喝,又进行改进,加入炒好的大米、豆、花生、芝麻等一起用土钵木棒擂细成泥。味道中和,既好喝,又更有疗效,人一喝全身都轻松了,也精神多了。遇到一些病重的人,他就对症加入中草药,病人多喝几次病就好了。于是许多人仿制,这茶就慢慢流传开来。因为这茶是雷茶老人创制,又因为这茶是靠擂,所以人们就把这茶起名叫擂茶,又叫雷茶。把土钵、木棒等制茶工具叫擂钵、擂棒,这个故事也一代代流传下来。

擂茶在当地已有上千年的历史,特别是乡村农家大都做擂茶,喝擂茶。它与人一生的健康有关,在民间有"药茶"之说。这里地处偏远山区,过去是个穷地方,人们看不起病,所以都喝这擂茶来防病去病。反正山上山下都是草,"有草都是宝",采些对症的药草来擂茶喝,既好喝又解渴还治病,也不要花钱。擂茶在当地还属于待客之茶。家里来了客人,主人都会赶快去擂茶,然后端上一碗敬客,自己在旁边陪饮。平时几乎家家大门白天都敞开,不管是谁,你累了渴了随便进去,坐一下,饮几碗擂茶,吃几块点心,完了你起身就走,主人绝不见怪,反而认为你看得起。

在西路鸾凤乡村的妇女之间有一种喝擂茶"叫茶"的风俗,到现在还一直流行。

这风俗的来历,当年还有一个故事。过去轻视妇女,大多人家的媳妇在婆家的地位低,经常都要受婆婆气。一直要到自己做了婆婆才算翻了身，民间叫作"多年的媳妇熬成了婆"这年俗语。说是西路大陂一家媳妇由于娘家穷，14岁就嫁到婆家。她很受歧视，天天早上老早就要起来烧饭，喂猪，白天要上地干活，平时要侍候公婆一家人，晚上等到全家人上床了她才能去睡。稍有差错还有挨打挨骂，没有饭吃，过着很受气的日子。她年纪小，丈夫也不懂事，经常还帮着父母打她。弄得她有泪只有往心里淌，有苦只有往肚里咽。

随着年纪大了，她开始懂事了，也有了一种反抗精神。她结交了村里一帮媳妇姐妹，要与婆婆抗争。一天，她趁着公公婆婆都不在家，用茶叶擂制了很多擂茶，叫来这一帮姐妹来家里。大家就着瓜子花生豆子喝擂茶，诉说做媳妇的苦处，发泄心中长久的怨恨。说到伤心处，大家一起流眼泪，又互相安慰，互相鼓励。发泄后感到身上轻松，姐妹们的安慰让她感到心里痛快。从那时起，她联络这一帮姐妹经常以这种擂茶"叫茶"之名为掩护，在一起聚会，互相诉说苦情，民泄不满。互相商议对策，与婆婆抗争。如被公婆撞见也就称喝擂茶，也没什么好说。由于她们做媳妇的团结，再加上相互出主意抗争，媳妇们慢慢都挺起了腰杆，做婆婆的也都不敢那么放肆地欺负媳妇了。久之，就形成了这种妇女间的喝擂茶"叫茶"风俗。后来，在乡村这种擂茶"叫茶"普及开来。

现在，妇女的地位提高了，家庭中也很少打骂媳妇、歧视媳妇的现象发生。但是妇女间相互聚会、家中大事，喜事丧事都有"叫茶"的习俗，成为光泽乡村妇女之间独有的一种民间交往方式。

农家除夕"烧岁火"

过去每逢大年三十晚，鸾凤乡村的农家中流行着一种"烧岁火"到天明的守岁习俗，很让人注目。

"烧岁火"，土话称"焖岁火""焖树蔸""烧岁蔸"。就是大年

独特的民间风俗

三十晚吃过年夜饭后,当地农民家家户户将一个老早准备好的大树蔸摆在厅堂中间地上。过去农民家中都是泥土地,不怕火烧。树蔸是要晒干的,松、杉、樟、檀等树蔸都可以。在树蔸周围架上松光和小木柴,帮助烧树蔸。树蔸如木炭一样不会一下烧完,可以慢慢地焖火,慢慢地燃烧。旁边还围上一圈"胖谷",以焖火裹热。一家人坐在火周围,主妇会准备好茶水、瓜子、花生、米糍等放在一旁,大家边吃东西边聊天,一家人欢欢乐乐地守岁。到了后半夜,孩子们熬不住会先去睡觉。大人不能睡,要过一会添些小柴,保证这"岁蔸火"一直到天亮不熄。农家人认为这"岁蔸火"不能熄灭,灭了就灭了家中一年的运气,接不到明年,必须红红火火烧到天明新的一年才可以。直到天亮后放鞭炮开大门,把喜气接到家中,这"烧岁火"习俗才算结束。

这个习俗在鸾凤农家中由来已久。相传很久以前,一位农人拖家带口来到这里,在一个举目无亲的村庄旁搭了个破茅棚,租种人家的田地过日子。一年到头拼命地劳作,可交完了租子就所剩无几。弄得一家人食不果腹,衣不遮体,到大年三十这天家里一点粮食也没有了。看人家家中团圆,酒肉飘香,而自家连年夜饭都没有得吃。破茅屋四面透风,挡不住风寒,肚里没食,身上没衣,一家人冻得抖抖瑟瑟。大年冬夜的寒冷怎么过?主人就到外面扛了一个老松树蔸进来,点着后一家人围在一起取暖到天明。"到处的豺狼都吃人",第二天大年初一大早,这农人咬牙带着一家人离开这里,到一个没有人烟的地方去开荒种地,打猎度日,日子才慢慢好起来。为了让子孙后代不忘当年过年穷苦饥寒的日子,从此每到大年三十晚,农家人就会在家中厅堂烧树蔸,取名叫"烧岁火"。一来过年守岁,二来晚上取暖,三来取其"红火"的吉利,后来就慢慢流传开来。

随着时代的发展,特别是中华人民共和国成立后,农家都过上幸福美满的日子,新年更有许多生活的新气象。但这个古老的习俗仍一直沿袭下来,保留至今,给农家的新年带来团圆和火红的欢庆。当过年来到鸾凤乡村农家中，有时还可看到"烧岁火"守岁场景，这种场景记录了农家过去取火熬年的穷苦日子，见证了农家人今天美好火红幸福生活的习俗。

祭亲的"拦社"

清明是民间祭扫、凭吊逝者的节日，在鸾凤乡村普遍流行有一种"拦社"的风俗，很引人注目。

"拦社"，是在清明前"春社"这个时间。春社是干支纪日，从立春过后的第一个戊子开始计算，到第5个戊日，每个戊日10天，就是春社。民间春社是祭祀土神，祈求丰收的日子。而民间逝者也是在这之前祭祀土神，保佑亲人在地下安稳。当地有一句话："新坟不过社。"就是三年内去世的人不要等到清明才祭祀，要在春社之前先行扫墓,俗称"拦社"。"拦社"这天，逝者家的亲人都会上墓地。祭祀的程序都与清明祭祀一样。点燃香烛，祭拜四方，并摆上供品，三荤三素，三茶四酒等。并烧上纸钱，请土地神和各方神明关照。亲人向逝者问候，并请逝者在天之灵保佑生者等。

有关"拦社"这个风俗，在当地还流传着一个故事。说是很久以前，当地一位种菜老人，妻子早逝，他千辛万苦拉扯5个儿女长大成家，过上了好日子，而他没有享到儿女福就去世了。儿女们个个心里内疚，在那第一个清明前"春社"的晚上，几个儿女都梦到老人托梦说："因为是新去世的,在阴间受到土地神的歧视，而且其他鬼神也欺负，真是很苦！这些鬼神都要阳间送钱物和吃请！"第二天儿女们互相转告，决定给父亲提前做一次祭扫，买供品上供，让父亲在下面有吃有钱，遍请鬼神不要欺负其父亲。就是从那个时候起，民间就留下了这个"拦社"风俗。

当然，故事的来源只是民间的传说，而真正的原因则主要是因为新

▎独特的民间风俗

去世的人,让家中活着的亲人很悲伤,恨不得早一天祭祀。清明很多祖先要祭祀,没有空好好地祭祀刚逝的人,所以提早到"社日"来祭。这个风俗作为一种民间清明的祭扫活动在当地流传数百年,成为当地一个重要的民间风俗。

清明粿的传说

清明粿

每年清明节前后,鸾凤乡村的人流行包一种叫"清明粿"的小吃食物,除自己食用外,还拿到城里街头和墟场叫卖。看着那叫卖的绿泠泠、清香扑鼻的清明粿,让人不觉咽下口水,忍不住上去买几个尝尝。

关于清明粿的来历,在当地民间还广为流传着一个故事。

说是很久以前,这里土地贫瘠,粮食长不好,年年庄稼歉收,人无粮可吃,去吃树皮和观音土,许多人为此饿死。西路乡村一位叫文子的姑娘,她美丽贤惠,心地善良,当时她见土地长不出好庄稼,乡亲没吃的,一直过着苦日子,许多人在死亡线上挣扎,她心里万分难过,流泪不已。把自己的吃食让给人家,自己饿着肚子。一天,她想:"这不是长久的办法,我去外面寻找一种可吃的食物，为乡亲们解决肚子问题！"于是，她把想法告诉了父母，父母不同意，说："大人都找不到吃的，你一个女孩子上哪去找？况且你孤身外出，我们怎么放心得下！"可是她坚决要去，父母没有办法，只好同意，并叮嘱了很多外面注意的地方。乡亲们都知道她的志向，都涌到村头来为她送别。

她走过一月一年，走过许多地方，跨过一座座山，一道道水，她尝食了很多植物，可是到处都没有可以供人长期吃的食物。这时，她太疲劳了，还是挣扎着到处走。一天晚上，她最后又累又饿倒在一个田头溪水边就再没起来。父母在家没有她的音讯，就托人到处去找。等到一年春夏，人们找到她的遗体时，虽然过了一年，但发现她容貌依旧，如在平时一样。只是身旁长出许多开着小黄花的绿嫩嫩小草，成片蔓延。人们把这草放在嘴里甜滋滋的，吃下去觉得很舒适。人们知道这是文子姑娘的精灵所化，用这草来救大家。

于是人们就把这草采回来种植，用草和着米糠一起吃，度过一个个荒年。后来人们又用这草与米蒸熟做皮，包上一些土菜当饭吃。一来省粮食又可饱肚，二来好吃，如吃菜包一样。人们还不断在作料和手工上改进和提高，用春天田头、水溪旁生长的这种绿茸茸、毛茸茸枝叶、会开小黄花的水菊草，将其舂烂后加入用大米糯米配比磨好的米浆内拌匀，然后放进锅里用小火边煮边搅，煮熟至浓稠成泥团状后，铲出放在案板上。再揪下一小团擀成皮，将腌熏肉、腌菜、笋、菇、豆子、豆腐、辣椒等"土货"作馅，包成一个个小拳头大小，外表绿油油的小菜包，放进锅里蒸熟即可食用。味道香辣可口，大开脾胃，吃完还有草叶的清香留在齿间。而且水菊草有安神健胃等功效。另外还有一种苎叶代水菊做的文子，叶绿素和纤维含量不亚于水菊。夏秋季节水菊草没有，当地农民还用野艾叶来代替，更添开胃祛风散热的功效。还有一种淋碱文子，加入一定比例食用碱，其他都相同，使这菜包成为当地人人爱吃而且流传数百年的传统小吃。因为文子姑娘死的这天是清明节，为了纪念这位心地善良的姑娘，人们把这食物叫"清明粿"。因为形状又圆，所以又叫"菜包""丸子"，普通话人们顺口还是叫姑娘的名字"文子"。现在每年清明节期间，你会看到鸾凤乡村人家都会做这食物。

花饼的由来

花饼，是流传鸾凤当地久远的一种著名地方小吃。它的来历，在当地还流传着一个感人的故事。

说是很久以前，这里有一位美丽的姑娘姓金，小名叫缨子。她心地善良，承家传医道，每天上山采药，到处行医，替穷人看病不收分文。这里地处高寒山区，每到春季，农民下田受水，导致一种腿脚水肿病，非常痛苦。因为天天还要下田，又没有特效药，所以也很难见好。她查了很多医书，用尽医药也难治愈这种病，看到乡亲们天天肿着腿脚下田，心里也很难过。她想："百草治百病，总有一种药能治好这种病！"一天，她查古医书，发现记载了一种药草，能专治这种腿肿病。于是就马上背着药篓上山，发誓要去寻找这种有效的草药来为乡亲们治好这种病。

一连几天，她爬山越岭，跨岗过涧，但一直没找到，最后走在一处山坡上，又累又饿倒在地上没起来。后来人们找到她的时候，发现她遗体旁边到处长着一种植物，上面开满了一种白色的花，一朵朵一瓣瓣，非常晶莹纯洁，远远就能嗅到阵阵散发的清香，放在嘴里甜滋滋的。于是人们含泪安葬了她，并将她周围的白花采回，放进米汤里喝下表示把她留在心里，没想到喝下后大家的腿肿病都好了。人们知道这花就是金樱子姑娘要寻找的药草，也是她的精灵所化，来救治大家，人们就把这花叫金樱子花。每年这个时候就上山采花，来放进米汤里吃，后来改做成花饼。每年春夏，去采这里漫山遍野长满了的这种洁白色的金缨子花（又叫油罐子花）。回来洗净后调在磨好的大米糯米配比的米浆中，外加一些葱或韭菜之类香料和糖盐等佐料。然后薄薄地摊在锅底，用文火慢慢地烘贴，做出一块块外表黄、内里米白的花饼。咬上一口，清香甜溢，不腻不涩，风味独特，好吃异常。

当地所处山区高寒地域，过去这里缺医少药，春耕时节，农民下地耕种，田水冰冷刺骨，金缨子花在中药里有除湿去风，保肾壮腰，强身健体等功能，做成花饼既好吃，又治病，所以家家户户都爱做，人人都爱吃，成了当地农家中一道小吃风景。

仙草糕的来历

仙草糕

仙草糕，是西路鸾凤乡村夏日一种著名的清凉小吃。关于它的来历，在当地民间还有一则广为流传的故事。

相传许久以前的一年夏季，当地大旱，数月无雨，土地爆裂，草木枯焦。因为日夜高温，人们在痛苦中求生，每天的日子都很难捱，许多人得了热病中暑而死。怎么办？一些人背井离乡，去远处逃生。许多人天天烧香祈祷，希望得人解救。

一天，不知从哪里来了一位白胡子老人。他一身道装，仙风清骨，他到民众家里挨家看了一下，到处都是病人，呻吟不绝，不禁摇头叹气。于是，他从背上的葫芦中抓出一把种子洒在山坡上，口念"长，长，长！"瞬时就长出一大片青草，高秆细叶，鲜嫩碧绿。然后他把草叶采下，放进民众家的大锅中，添满了水后烧起火来，等水煮沸后盛出汁，一碗碗端出给大家喝。病人一喝下去，马上觉得清凉无比，热病一下全部消失，病一下都好了。

正当人们要感谢这老人时，老人一下不见了。人们到处寻找，都找不到。后来知道这老人是仙人，下凡来普救众生的，于是就把他留下的草叫仙草。从那以后，人们将这仙草的种子留下，年年栽种。这仙草茎细杆高，味甘性凉，有清热、解毒、利湿等功能。每到夏秋暑热时就采来这草煮汁喝，祛除暑气同时还能加工成这仙草糕。仙草糕的做法是：先把这草采回来洗净晒干，放进大锅里加水煮，经碱馏、滤汁后回锅煮开，慢慢加入一定比例的地瓜粉或山芋粉，搅和后使之变成浓稠的黑亮软块状，冷却后捞出倒入清水盆中进行漂碱，再用刀划成一块块豆腐大小，食用时用爪篱捞起放入碗中，加入白糖，入口顿觉滑润甜溢，清凉透心，全身舒爽，暑气全失，让你回味无穷。仙草糕一来好吃，二来消暑，成为当地夏日常食用的一种著名的清凉食品。

在光泽，特别是乡村，几乎家家户户都会做，有的一家做了请左邻右舍都来吃。夏日夜晚聚会时，主人家常常会端出一盆，大家边吃边乘凉，谈天说地，其趣浓浓。夏日街头小巷和市场也到处有人叫卖仙草糕，排成小吃桌，招揽过往行人来吃。有的人还将干仙草运到外地边做边卖，让光泽小吃名扬四方。许多外地人夏日到光泽，看到这仙草糕，都会忍不住在这小吃桌旁坐下，吃上几碗，享受这清凉爽口的仙草糕在炎炎的夏日里带来的一丝凉意。

糯糍粑的故事

在鸾凤乡村流传着一种"打糍粑"的风俗，糯糍粑好吃不腻，清甜可口，富有特色。

这个糯糍粑的小吃在当地由来已久，而且有一个古老的传说。

相传很久以前，西路这一带的农家因生活贫困，粮食长年不够吃，所以营养不良，人人面黄肌瘦，无力做活。一天中午，这里来了一位白胡子的游方老中医，人们出于对医生的尊重，热情接待了他。虽然大家都没有粮食吃，但还是把准备过年蒸糕的糯米和红糖拿出来招待他。老中医似乎很感动，坐在那里给大家望闻问切诊断后，没有立刻开出药方，而是用招待他的糯米饭加上土球红糖拌和让大家一起吃，并交代大家要吃一段时间。糯米和糖都有滋补身体、营养保健的作用，于是人们想方设法种糯米和甘蔗，经常煮甜糯米饭来吃，慢慢地身体就变得强壮起来。

后来生活好了，不用再天天吃甜糯米饭，当地人就将这甜米饭改进加工成现在的糯糍粑，并分糖糍和菜糍两种，各人可根据自身喜好选择食用。糖糍是用当地产的优质糯米经水泡后，放进饭甑或锅里蒸熟，然后倒进石臼里，一人用木杵舂，一人翻动，一下一下，直打到黏稠泥状、挑起不断为止，民间称之为"打糍粑"。大号后装进盆里，加上一些香油点润，用手揉搓成一个个拇指般大小的丸子，放进装有炒熟芝麻、花生、豆、糖的粉碗中滚过沾满后即可食用。味道清香，甜润可口，舒气和胃，多吃不腻，是一种人人爱吃的地方特色点心。菜糍是用打好的糍粑搓成丸子，和肉片、菜管、香菇、目鱼、大蒜、辣椒等一起拌炒，香辣可口，增欲开胃，是农家餐桌上的一道好菜。

今天，几乎每一户鸾凤乡村农家都备有木杵和石臼等打糍的工具，经常可听到那院子里传来"啪——啪——啪——"的打糍声。每年新糯下来，家家都要打糍吃，这似乎成了一种规矩。逢年过节家家也都要打糍粑。过生日、盖房子、娶媳嫁女等都要打好糍粑上桌。平时有空也会打糍粑吃，这家打了送那家，那家打了送这家，见面常会相互招呼："到我家吃糍粑去！"聚会时大家围坐在桌上吃糯糍粑，你一筷，我一筷，吃得香喷喷的。大家一边吃一边聊，谈天说地，讲收成，说家事，同喜同悲，气氛浓烈，情感愈笃，肚饱人欢，别有趣味。

端午"备节茶"

每到端午节临近，鸾凤便漫山遍野长满了药草，人们上山去采，或到圩场去买，许多人家都会在这段时间备好家中常用的草药，这就是当地有名的端午"备节茶"风俗。

当地有句老话："有草都是宝，就怕认不到。"春夏时节百草茂盛，其中有许多是天然中草药。中草药方便价廉，防病治病效果好，长期以来当地的人们相信并使用他们。再加上过去这里地僻人穷，缺医少药，人们看不起病，生病大多就用中草药治疗。民间代代相传，懂得中草药知识的人很多，采药、送药、吃药都有人可以指导。人们习惯在每年端午节前后备好家中一年所需的常用中草药，有"前七后三"之说。即端午节前七天、后三天为最好的备药时间。

民间流传着一个故事，有一年这一带很多人得了一种怪病，一直治不好。人们天天求医问药，向天祷告，还是不见好。后来药王菩萨知道，决定在端午期间把药力撒在百草上，让人们去采，这时期采的草药最有药效。当地人果然在端午时将采来的药草煎汤喝下，怪病就痊愈了。

于是就传开了端午采草药备下治病的习俗。"备节茶"端午节前后备好，一年四季皆可用。各家各户备的都是常用中草药，如艾叶、茵陈、凤尾草、车前草、鱼腥草、半边莲、淡竹叶等，多的人家备几十种，少者也备七八种。人们将这些药草洗净、晒干,用纸包好。平时备,急时用。从科学来讲,因为药草到了端午节时生长比较成熟,药效比较好,所以此时是采药的好时节。人们在这天会放下活计早早上山去采药草,中午回来将许多种治常见病的药草混合在一起炖着喝,这就叫吃"午时茶"或"罗唆茶",据说这时间此茶药效好,能令人身体强壮,一年百病不生。端午前后,人们还会将采来的艾叶、菖蒲等中草药插在房门上,这些药草散发的味道有驱蚊蝇杀虫、灭菌等功能,民间谓之可以避邪驱疫。因为端午节前后气温升高,降雨增多,空气湿度增大,各种病菌和害虫繁衍盛行,用草药杀虫灭菌很有些科学道理。还有的人在这段时间用一些药草浸泡的水来洗浴,可预防各种皮肤病。

当地许多老人"久病成医",凭经验吃药,对一些常见病的用药指导往往很有效果。不懂配药的人,可以去请教一些懂药理的人。有的人生病,就去问别人家要些对症的草药炖喝。大多疗效很好,一些偏方草药对一些小病症常常有意想不到的奇效。圩市上卖中草药的人往往都是懂药理的人,会指导你如何选择药草备用和服用。

中秋"拔芋卜子"

"拔芋卜子"习俗流传在鸾凤民间千百年,说是在中秋的夜晚,嫦娥也就是月光娘娘,会给新婚夫妻和无子女的夫妻送子。送多少个儿女,给附在芋这种植物下面,你去拔一棵芋子数数下面的芋子就可知道。于是中秋夜时,新婚或无儿女的夫妻,会在空地上点香烧纸祭拜月光娘娘,然后到芋子地里闭上眼睛随手拔一棵芋子回来,点点芋头旁边有几个芋子,就意味着今生你有几个儿女,冥冥之中给你定下来。当地民众说,有的当年要成亲的准新娘女家回男方中秋礼时,也会回一棵挂满芋子的叶茎,表示成亲后会多子多福。这虽然是迷信,但却反映了过去人们一种传宗接代、多子多福的观念。许多夫妻明知迷信，但却乐此不疲地在中秋夜"拔芋卜子"，因为希望从中实现他们一种美好的愿望。

关于这个风俗的来历，民间还流传有一个故事。说是很久以前，有一对年轻夫妻忠厚善良，勤劳持家，赡养老人。可是不知什么原因，结婚多年一直没有生育。"不孝有三，无后为大"，夫妻二人都常常为这件事而烦恼。无子女在家庭是件大事，在人前抬不起头，也意味着今后老年无所依靠。所以他们到处求神问卜，寻医问药，希望能生有一个子女传宗接代。终于在一个中秋的晚上，他们双双做梦梦到月光娘娘对他说："你们心地至城，忠厚善良，你可起来到家门前的芋子地里闭眼拔一棵芋子，撞撞天意，看看下面芋头旁有几个芋子，就是你们今后会生的子女数！"他们夫妻醒来，互说梦中的情景，都半信半疑，想想"宁可信其有，不可信其无"。就起床到门前的芋子地里，走到中间闭上眼睛念了一番"月光娘娘保佑"的颂语。就随手拔起一棵芋子起来，一数下面，芋头旁边有5个小芋。哦，这就是天意预示他们今生会有5个儿女。两夫妻喜出望外，马上向天跪下叩拜，感谢月光娘娘给他们送子来。

以后中秋"拔芋卜子"就形成了一个风俗在当地流传开来，过去每到中秋夜，就会看到年轻的夫妻到地里，点着香火，对着月光，闭眼拔棵芋子起来数，祈祷着人生美好，也是中秋夜一种乐趣和希望所在。

银杏姑娘

过去在鸾凤乡的中坊村有许多年久的银杏树，当地流传着一个"银杏姑娘"的故事。

说是许久以前，这里地僻人穷，气候恶劣。"大旱千里赤，大涝不见烟。"灾民饕餮，饿殍塞道。中坊村里，有位名叫银杏的姑娘，心地善良，聪明美丽。她见乡亲们多灾多难，总想，如能为乡亲摆脱饥困，就是死也在所不辞。

又是一个大涝年，大水冲走了地里的庄稼，粮食颗粒无收。银杏姑娘为乡亲们采野菜、剥树皮、挖观音土，把能吃的都找尽了，自己却舍不得吃上一口。有一天，她终于饿倒在采野菜的土坡上，再也没有起来。乡亲们含泪将这位品格高尚的姑娘葬在山坡上。

第二年春天，银杏姑娘的坟头上长出一颗枝叶茂密、亭亭玉立的树。夏秋时节，树上结满白色的果实，可炒、可煮，味如米面，更兼有止咳、化痰、杀虫的功效，人们把这白果树培植后，到处栽种，旱涝年间采食白果维持生计。当地人认为这是银杏姑娘诚心和精灵化成的。为了纪念她，就把这树取名为银杏树。

李白与米酒

鸾凤乡村农家一直有自酿的米酒，关于这米酒，在民间还流传一个与唐朝"诗仙"李白有关的优美动人故事。

相传唐玄宗年间，武林村岭头有一对年老夫妻，老两口膝下无儿无女，但一生为人忠厚，乐善好施，方便待人。岭头是南来北往要经过的地方，而且他家门口正对道口，来往人很多。他二老以开店酿酒为生，家有祖传的酿造技术，以当地盛产的优质大米和岭头上的山泉水为原料，以独特的工艺培养曲菌发酵、勾兑、精酿而成。做出的酒色泽清洌可人，绵甜爽口，一开坛清香扑鼻，几十里都能闻见，令人垂涎。喝下去全身舒爽，消乏神怡，而且不上头和头疼，余味让人寻耐。所以来往很多人爱在这里歇歇脚，喝喝酒，还有许多人慕名老远来喝。老两口价钱公道，从不掺水使假，所以生意很好，做出的酒还经常不够卖。

一天早晨，店里踱进一位风尘仆仆、携带琴剑书匣的中年书生，只见他眉清目秀，气度不凡，飘飘有出世之表。一进来嗅到酒香就大声道："此店有佳酿，来一坛让我品尝！"老两口见是识酒的人，马上捧出一坛陈酿好酒，启开泥封，摆上几盘小菜，筛下一大碗。那书生见酒意气风发，接过一饮而尽，顿时连连称赞："好酒，好酒，再来一碗！"老两口轮流来筛。"这是什么酒，这么好喝？"那书生边饮边问。"是自家酿的米酒！""好啊，酒味香醇，色似琥珀，真可与天下名酒媲美啊！"

那书生酒量惊人，挥洒豪放，从早到晚，一碗一碗，似喝不够。一坛见底，人仅微醉，意犹未尽，老人赶紧又搬上一坛。这时月色上来，照得四下一片银白，那书生见景生情，叫老人在后院摆下桌子，手捧酒坛来到后院，边饮酒边赏月，并起身吟诗舞剑，舞罢掷剑大笑；"此良宵月圆独吟美酒，真乃人间快事！"又坐下喝，直喝到月夜终深，一坛又见底，两老不忍拂他兴致，只轻轻地提醒道："相公，夜更深了，请寻歇息处吧，明日有暇再喝！"那书生听了仰天怅叹："人生不如意事常有，而美酒却不常有。可惜我急于赶路会友，无缘再来喝此酒了，此酒真乃我饮品也。取笔墨来，让我留下字来！"两老忙取过记账的笔墨，找来纸张，那书生铺开，趁着酒兴，挥笔"唰唰"如走龙蛇，一幅狂草"太白"二字赫然落在纸上，然后扔下笔大笑而去。

老看到字，面面相觑，猛然想到"太白"不是当今"酒仙"大诗人李白、字太白么？李学士御赐金牌，遇府支钱，逢坊喝酒，日沽一醉。今天能得他光临，让他喝到这酒，真乃无意中的幸事。两老又惊又喜，忙追出门去。只见月色溶溶，如水漫过远山田野大道，却哪里能见李太白的身影。两老回屋把他留下的字小心翼翼地装裱好，第二天高挂在店门外。世人都识李太白的字，看到酒仙都光临赞这酒好，那还会有差，所以更是争相来饮，两老生意越来越好，这个故事也流传开来。

蛇酒传奇

相传许久以前，西路鸾凤有一户人家，夫妻俩外加一个3岁的男孩。这家男的非常勤快，除种田外闲时还上山打猎，下河捕鱼。女的在家纺线，操持家务，一家人过得幸福平安。可是"天有不测之风云"，一年，这家不到30岁男人由于过度劳累，耕完田回家一挨床就左半身麻痹，不能动弹。妻子吓得赶紧喊人去请医生来看。可是请了很多医生，吃了很多药，看了半年多，病还是不见好。家中值钱的东西变卖完了，日子难过，年轻的妻子只好带着儿子拿碗拄棍挨家去要饭来度日。

这家男的看到自己这样长时间生病卧床，连累到家人这样，心里痛苦万分，几欲寻死。他床边放有一缸妻子很早酿的米酒，想留到过年去换年货。可是一天，妻子儿子外出要饭去了，只见一条手臂粗的大蕲蛇，许是闻到酒香，摇头晃脑从破窗外伸进头来。这蛇当地人叫五步蛇和眼镜蛇，是一种剧毒蛇。只见它慢慢地爬到酒缸上，伸下头"吱吱"地吸起缸中的酒来。他起不了身，只好眼睁睁地看着，只见那蛇一会儿似醉了，"扑通"地掉进酒缸中挣扎几下就淹死了。

他心疼一缸酒就这样被糟蹋，想到妻子的辛苦和孩子的可怜，觉得还不如喝这有毒蛇的酒死了算，免得成了妻子的负担。于是就咬咬牙，伸出右手拿过喝水的杯子伸进酒缸里，舀起一杯酒"咕嘟"地喝下去，连喝了三四杯后就放下杯子闭上眼"等死"。可是一个小时两个小时过去，不但没死，反而感到左半边麻痹的身子热烘烘的，似有热流在涌动。他想，既然不死反而觉得舒服那就再喝吧，也许还能治好病。这件事他没告诉妻子，从此每天都舀几杯酒喝，渐渐地手脚开始有了知觉，时间一天天过去，一个多月下来，缸中的酒被他喝得差不多了。他半边麻痹的身子却奇迹般地恢复过来。一天人突然能起床站起来了，跟原先没病时一样。

很多人都觉得惊奇,他想这应是不幸中的万幸,看样子是这蛇泡得酒有疗效。

于是他经常上山去捉蛇回来泡酒喝,也送给其他有相似病的人喝,都很有效果。蛇酒有病治病,没病健身,后来这蛇泡酒的方法流传开来,成了民间治病强身的"药酒",并一代代流传了下来。

后 记

　　历经一年时间,《"讲古"声声话鸾凤》一书终于问世。这是光泽第一本以乡镇故事为主的地方民间故事集,收录了鸾凤整个乡村民间长期流传的"讲古"素材,有神话、传说、故事、笑话等,具有很高的出版价值。

　　光泽是个山区小县,是远近闻名、福建唯一的"中国民间故事之乡"。民间故事极为丰富,在没有电视、广播、报纸、互联网等传媒的年代,以"讲古"(俗称"打嘛哇",讲故事之意)为主的乡村习俗遍布光泽城乡,鸾凤犹为兴盛,成为当时人们劳动生活中一种极为重要的文化娱乐活动。民间流传的许多故事,传达着人们美好的想象、历史的真实、村落的发展轨迹、家族的衍生文化,以及生活中的真善美,成了当地一笔宝贵的精神财富。

　　鸾凤地处光泽城郊,美丽富庶,历史悠久,钟灵毓秀,人文丰富,是个很有故事的地方。这些民间故事在历史发展过程中,在当地人的生活和生产中产生,经过历代人们的口口相传,不断地完善和发挥,日臻完美,许多故事成为民间文化中的经典之作。一座山、一条河、一棵树、一块石、一个村落、一个家族以及生活中的一点小事,都被人们化作美丽的传说、动人的故事,而且内容丰富,诙谐有趣,富有深刻的内涵。鸾凤的民间故事,成了当地人宝贵的精神财富,这些故事一定程度地佐证和记录了鸾凤远古的发展历史、神奇的秀美山水、古老的村落家族、丰富的理学文化、辉煌的红色革命、风趣的生活纪实等,为当地人们所接受,所以得以世代相传。

后 记

我一生都生活在光泽，从城区到乡村，对脚下这块土地充满了感情，一直关注发生在这里的许多事。特别是小时候，我听了很多长辈讲的故事，记忆犹深，心向往之。20世纪80年代我开始学习文学创作，因为涉及民间文学，开始搜集整理了一些当地民间传说故事，其中一部分是城郊鸾凤的民间故事。后来我发现鸾凤有许多有名的"讲古"人，几乎村村都有几个。他们大多是年纪大的人，人生经历多，阅历深，民间知识丰富。在与他们多年的交往中，听他们"讲古"，记录下他们口中的故事，我感到是一种乐趣和享受，也让我更加全面地了解了鸾凤的民间故事。很感谢他们当时的讲述，让我今天有了写这本书的素材。

鸾凤乡党委、政府高度重视传统民间文化保护工作，提出编一本《讲古声声话鸾凤》的想法。2020年5月，时任乡党委宣传委员、副乡长的黄华秀曾热情前来联系，告知了乡领导的意见。2022年7月至10月间，鸾凤乡党委、乡政府发出关于成立《讲古声声话鸾凤》一书编辑出版工作领导小组的通知，把这项工作提到议事日程。时任宣传委员的仲晏祯、组织委员吴城萍，以及新任的宣传委员李淑芬多次前来洽谈出书一事。黄华秀是鸾凤乡本地土生土长起来的乡领导，对所在的鸾凤乡村很熟悉，而且有非常深的感情，很希望留住当地的历史文化，把鸾凤的故事保护、传承下来。在退休之后，她仍然主动参与这项工作，陪我们到各村搜集、整理故事。各村领导都积极支持配合，邀请老人前来"讲古"，为这本民间故事集提供丰富而准确的素材，保证了这本书的内容完整。光泽县委宣传部原副部长高才保，是中国民间文艺家协会会员，他出于一种保护的使命和对民间故事的热爱，积极牵线，促成这本书的形成，并亲自与我一起下村，提供这本书需要的图片，在此一并表示感谢。

因为光泽县"中国民间故事之乡"工作和"讲古"传承的需要，我愿意花时间、花精力出好这本书。县文联对这本书也非常重视和支持，文联主席陈道贵经常过问书的进度，了解书的内容，强调一定要出好乡镇第一本民间故事书籍，为光泽"中国民间故事之乡"增光添彩，再创新业绩。虽然出书不易，但我全力以赴，将过去有关鸾凤的故事进行整理。其间又多次下到乡村，跑了全部的行政村和部分自然村，与当地老人交流，听取他们的故事，力求故事完整准确。

今天这本书能够顺利出版，我如释重负。民间故事是口头历史文化史料，不全是历史，但却是当地历史的有益补充。我相信鸾凤乡出版这本书，是站在历史和未来的高度，传承保护当地的历史文化，也促进经济社会事业发展。同时，这也引导人们热爱鸾凤，建设鸾凤，丰富了人们的文化娱乐。

由于时间仓促，作者水平有限，深入鸾凤乡村不够，了解乡情村情不够，写的故事不够完整，内容不够全面，还有一些长期在鸾凤乡村中流传的故事来不及抢救，所以难免不尽如人意，敬请大家见谅并批评指正。

王建成

2024 年 1 月

图书在版编目(CIP)数据

"讲古"声声话鸾凤 / 王建成著. — 福州：海峡文艺出版社，2024.3
 ISBN 978-7-5550-3695-1

Ⅰ.①讲… Ⅱ.①王… Ⅲ.①民间故事—作品集—光泽县 Ⅳ.①I277.3

中国国家版本馆 CIP 数据核字(2024)第 047890 号

"讲古"声声话鸾凤

王建成　著

出 版 人	林　滨
责任编辑	林鼎华
助理编辑	杨　鑫
出版发行	海峡文艺出版社
经　　销	福建新华发行(集团)有限责任公司
社　　址	福州市东水路 76 号 14 层
发 行 部	0591－87536797
印　　刷	福建众印数码科技有限公司
地　　址	福州市鼓楼区西洪路 318 号洪山科技园创业中心大厦第二层 263－16 室
开　　本	720 毫米×1010 毫米　1/16
字　　数	189 千字
印　　张	13.25
版　　次	2024 年 3 月第 1 版
印　　次	2024 年 3 月第 1 次印刷
书　　号	ISBN 978-7-5550-3695-1
定　　价	55.00 元

如发现印装质量问题，请寄承印厂调换